In Watermelon Sugar Richard Brautigan

在西瓜糖里

〔美〕理查德·布劳提根 著

王伟庆 译

人民文学出版社
PEOPLE'S LITERATURE PUBLISHING HOUSE

著作权合同登记　图字 01-2022-2720

Richard Brautigan
IN WATERMELON SUGAR

Copyright © 1968 by Richard Brautigan
Published by arrangement with Houghton Mifflin Harcourt Publishing Company through Bardon-Chinese Media Agency
Simplified Chinese translation copyright © 2021 by Shanghai 99 Readers' Culture Co., Ltd.
ALL RIGHTS RESERVED

图书在版编目(CIP)数据

在西瓜糖里 /(美)理查德·布劳提根著;王伟庆译.
—北京:人民文学出版社,2021(2024.6 重印)
(中经典精选)
ISBN 978-7-02-016869-9

Ⅰ.①在… Ⅱ.①理… ②王… Ⅲ.①中篇小说-美国-现代 Ⅳ.①I712.45

中国版本图书馆 CIP 数据核字(2020)第 273145 号

总 策 划	黄育海
责任编辑	卜艳冰　骆玉龙
封面设计	汪佳诗

出版发行	人民文学出版社
社　　址	北京市朝内大街 166 号
邮政编码	100705
印　　刷	凸版艺彩(东莞)印刷有限公司
经　　销	全国新华书店等
开　　本	890 毫米×1240 毫米　1/32
印　　张	4.875
字　　数	39 千字
版　　次	2021 年 6 月北京第 1 版
印　　次	2024 年 6 月第 5 次印刷
书　　号	978-7-02-016869-9
定　　价	55.00 元

如有印装质量问题,请与本社图书销售中心调换。电话:010-65233595

Novella

这部小说于一九六四年五月十三日在位于加利福尼亚州波利纳斯的一处房子里开始动笔，于同年七月十九日在加州旧金山比佛街一百二十三号住所的客厅里完成。本小说献给唐·艾伦、乔安娜·凯格和迈克尔·麦克卢尔。

第一部 在西瓜糖里

在西瓜糖里

在西瓜糖里，事情一次又一次发生，就像我的生活发生在西瓜糖里。我要告诉你这件事情，因为我在这儿，你在远方。

无论你在哪里，我们都必须尽力而为。要去的地方那么远，而我们除了西瓜糖里又无处可去。我希望这样说清楚了。

我住在**我的死**附近的一间棚屋里。我能看见窗外的**我的死**。它美丽。我闭上眼睛也能看见它，触摸它。现在，它是冰冷的，就像孩子手里的一样东西在转动。我不知道那会是什么样的东西。

在**我的死**有一种微妙的平衡。它适合我们。

棚屋很小，但却和我的生活一样舒适、令人满意。和这儿所有的东西一样，它是用松树、西瓜糖和石头造的。

我们的生活是用西瓜糖小心翼翼地构造的，然后用我们的梦沿着松树和石头铺出来的道路前进。

我有一张床、一把椅子、一张桌子和一只放东西用的大箱子。我有一盏夜里烧西瓜鳟鱼油的灯笼。

那是另外一回事，我以后告诉你。我过着平和的生活。

我来到窗前，又看着外面。太阳在云端闪耀。这是星期二，太阳是金色的。

我能看见松树林和松树林中流出的河流。河水晶莹清澈，里面有鳟鱼。

有一些河流只有几英寸宽。

我知道一条只有半英寸宽。我知道是因为我量过，并在河边坐了整整一天。下午刚过一半就下雨了。我们把所有的东西都叫河。我们就是那种人。

我能看见西瓜田和流经田间的河流。松树林和西瓜田里有许多座桥。这座棚屋前面有一座桥。

有一些桥是用木头造的，已经旧了，上面布满银色，仿佛是雨点；一些桥是用从远方采来的石头造的，石头是按照距离远近排列的；还有一些桥是用西瓜糖造的。我最喜欢这些桥。

我们用西瓜糖在这儿生产出很多东西——我会告诉你们——包括这本在**我的死**附近写的书。

所有这一切都会进入西瓜糖，并在那儿漫游。

玛格丽特

早晨，有敲门的声音。从他们敲门的方式，我能猜出他们是谁。我听见他们从桥上走过来。

他们踩在唯一那块会发出声音的木板上。他们总是踩在它上面。这一点我总也无法搞清楚。关于他们为什么总是踩在同一块木板上，他们怎么能一次也不踩错，我想了很多。现在，他们站在我的门外，敲着。

我不理睬他们的敲门声，因为我就是不感兴趣。我不想见他们。我知道他们想要干什么，我没有管它。

最后，他们不敲门了，又从桥上往回走；他们当然踩在了同一块木板上：一块长长的木板，上面的钉子是许多年前钉的，钉得不好，已经修不了了。他们已经走过去，木板不出声了。

我能从桥上走过去几百遍，一次也不踩在那块木板上，但玛格丽特总是踩在上面。

我的名字

我猜你一定好奇我是谁,但我不过是那些没有固定名字的人中的一个。我的名字取决于你。想到什么就叫我什么好了。

如果你在想很久以前发生的事情:有人问你一个问题,你却回答不了。

那就是我的名字。

也许那时候雨下得很大。

那就是我的名字。

或者有人想让你做某件事。你做了。然后他们告诉你做得不对——"对不起,做错了",你不得不另做一件事。

那就是我的名字。

也许它是你小时候玩过的游戏,或者你年老时坐在窗边随便想起的某件事情。

那就是我的名字。

或者你在某处散步。周围到处都是花。

那就是我的名字。

也许你凝视着河水。你的身旁有爱你的人。他们要抚摸你。在它发生前,你感觉到了,然后它发生了。

那就是我的名字。

或者你听见有人在远方呼喊,他们的声音近似一声回音。

那就是我的名字。

也许你正躺在床上,马上就要入睡。你笑了起来,一个跟自己开的玩笑,一种结束一天的好方式。

那就是我的名字。

或者你在吃一样好东西,刹那间,你忘了自己在吃什么,但还是吃着,并且知道那东西好吃。

那就是我的名字。

也许临近午夜,火在炉子里摇晃,像一只铃。

那就是我的名字。

或者当她对你说完那件事后你感到不舒服。她完全可以把它告诉别人,某个对她的问题更清楚的人。

那就是我的名字。

也许鳟鱼在池子里游动,但河流只有八英寸宽。月亮照在**我的死**上,西瓜田闪闪发光,它开始变形,黑乎乎一片;月亮好像是从每一棵树上升起来的。

那就是我的名字。

我希望玛格丽特别来烦我。

弗雷德

玛格丽特离开后不久,弗雷德路过。他跟桥没有牵连。他只是用它到我的棚屋来,此外,他跟那座桥没有任何关系。他从上面走过只是为了到我这儿来。

他直接推门进来。"喂,"他说,"怎么样?"

"不怎么样,"我说,"在这儿继续工作。"

"我刚从西瓜工厂来,"弗雷德说,"我想让你明天跟我去那儿。我想让你去看一件和瓜板冲压机有关的东西。"

"可以。"我说。

"好,"他说,"今天晚上我们在**我的死**吃饭时见。我听说今天晚上保琳做饭。也就是说,我们要吃好的了。艾尔做的饭我有点吃厌了。蔬菜总是煮烂了,我也吃厌了胡萝卜。这个星期如果再吃一根胡萝卜的话,我就要喊了。"

"是的,保琳是位好厨师。"我说。此时此刻,我对事物不太感兴趣。我想接着工作,但弗雷德是我的哥们儿,我们在一起度过很多好时光。

弗雷德的外套口袋里有一件东西鼓出来,样子怪怪的。我感到好奇。它看上去像我从未见过的东西。

"你口袋里装着什么,弗雷德?"

"我今天从西瓜工厂回来时在林子里发现的。我自己也不知道是什么。我以前从未见过这种东西。你看是什么？"

他把它从口袋里取出来，递给我。我不知道该怎么拿着它。我试图用你同时拿着一朵花和一块石头的方式拿它。

"你怎么拿它？"我说。

"我不知道，我对它一无所知。"

"它看上去像**阴死鬼**和他的团伙在遗忘工厂里挖出来的东西。我从未见过这样的东西。"我说，然后把它还给弗雷德。

"我要给查理看，"他说，"查理也许会知道。他无所不知。"

"是的，查理懂得很多。"我说。

"那么，我想我得走了。"弗雷德说。他又把那件东西放进外套。"吃饭时见。"他说。

"行。"

弗雷德出了门。他过桥时没有踩在那块木板上，而玛格丽特总是踩在上面，即使桥有七英里宽。

查理的主意

弗雷德离开后,我继续写作,用笔蘸着西瓜籽墨水,在这些闻上去有股甜味的木板上写着,感觉不错。木板是比尔在顶板工厂生产的。

下面列出的是我将在本书里告诉你的事情。用不着留作后话。我也可以现在就告诉你你在什么地方:

1 **我的死**。(一个好地方)

2 查理。(我的朋友)

3 老虎,还有它们怎么生活、多么美丽、怎么死去,吃我的父母时怎么跟我说话,我又怎么回答它们,它们又怎么停止吃我的父母,虽然这对我的父母已经毫无用处;那时候,什么也帮不了他们。我们谈了很久,其中一只老虎帮我做算术,然后,它们让我走开,因为它们要吃掉我的父母,于是我走开了。那天夜里,我后来回去烧掉了棚屋。在那些日子,我们就是这么做的。

4 镜子塑像。

5 老查克。

6 我在夜里的漫长散步。有时候,我在同一个地方

站上几个小时，几乎一动不动。（我已经让风停在我的手里）

7 西瓜工厂。

8 弗雷德。（我的哥们儿）

9 棒球公园。

10 高架渠。

11 爱德华大夫和小学老师。

12 **我的死**漂亮的鳟鱼养殖场，它是怎样建起来的，还有发生在那儿的事情。（在那里跳舞棒极了）

13 坟墓安装队、升降机井和吊架。

14 一位女服务员。

15 艾尔、比尔和其他人。

16 城里。

17 太阳以及它怎样变化。（十分有趣）

18 **阴死鬼**和他的团伙，以及他们挖掘过的地方——遗忘工厂；他们做的可怕的事情，还有他们后来怎么样了，还有他们死后，如今这儿是如何宁静和美好。

19 这儿日复一日发生的对话和事情。（工作、洗澡、早饭和晚餐）

20 玛格丽特和另外一位夜里提着灯笼永远也不走近别人的姑娘。

21 我们全部的塑像和埋葬死者的地方，这样他们便能永远和他们墓中发出的光在一起。

22 我在西瓜糖里的生活。（有些生活一定比它

更糟)

23　保琳。(她是我的最爱,你会发现的)

24　还有这本一百七十一年来人们写的第二十四本书。上个月,查理对我说:"你好像不愿意搞雕塑或做其他什么事情。你为什么不写一本书呢?"

"上一本书是三十五年前写的,该有人再写一本了。"

然后,他挠挠头,说道:"天啊,我记得那是三十五年前,但我想不起来它是关于什么的了。锯木厂里曾经有一本。"

"你知道是谁写的吗?"我说。

"不知道,"他说,"但他和你相似。他也没有一个固定的名字。"

我问他以前那二十三本书是关于什么的,他说他记得其中一本是关于猫头鹰的。

"是的,是关于猫头鹰的,还有一本是关于松针的,极其枯燥。还有一本是关于遗忘工厂的,一些关于它是怎样开始和从哪儿来的理论。

"写那本书的家伙,他的名字叫麦克,他在遗忘工厂走了一大圈。他也许走了一百英里,花了几个星期。他越过那些我们晴天看得见的堆料。他说那些堆料后面还有更高的堆料。

"关于他在遗忘工厂的见闻,他写了一本书。这本书不错,比我们在遗忘工厂见到的书要好得多。那些书差劲极了。

"他说有几天他迷路了,碰到一些有两英里长的东西,绿色的。他拒绝提供其他细节,即使在书中也没有提到,只是说它们有两英里长,是绿色的。

"那是他在青蛙塑像旁边的坟墓。"

"我熟悉那座坟墓,"我说,"他一头金发,穿着铁锈色的外套。"

"是的,就是他。"查理说。

日　落

我写完这天的东西后，便快要日落了，**我的死**的晚饭也快准备好了。

我渴望见到保琳，吃她做的东西；我渴望吃饭时见到她，也许饭后我还会和她见面。我们也许会去久久地散步，大概是沿着高架渠。

然后，我们也许会去她的棚屋过夜，或待在**我的死**，或回到这儿，如果玛格丽特下次路过时不来敲门的话。

太阳从遗忘工厂的堆料上面落下。堆料退出记忆，在落照中闪闪发光。

温柔的蟋蟀

我出了门,在桥上站了一会儿,俯视着下面的河水。河有三英尺宽,水中有两座塑像。一座是我母亲。她是个好女人。那是我在五年前创作的。

另一座是一只蟋蟀。它不是我创作的。它是由别人在很久之前,在老虎时代创作的。它是一座非常温柔的雕像。

我喜欢我的桥,因为它是用各种各样的东西造的:木头、远方的石头和西瓜糖做的软软的板。

我穿过一道长长的、冰冷的晚霞向**我的死**走去,霞光像一条隧道在我上方通过。当我走进松林时,**我的死**便看不见了;林子里透着寒气,树木渐渐暗淡下来。

桥上点灯

我抬头仰望,透过松枝,看见了晚星。它在空中闪着热情的红光,因为那是我们这儿星星的颜色。它们总是那种颜色。

我在天空的另一端数到了第二颗晚星,它没有那么辉煌,但和早先出现的那颗一样美丽。

我来到真正的桥和废弃的桥。它们并排跨过一条河。鳟鱼在河水中跳跃。一条二十英寸长的鳟鱼跳起来。我认为它是一条非常可爱的鱼。我知道我将久久地记住它。

我看见路上有人走来。这是老查克从**我的死**来给真正的桥和废弃的桥点灯。他走得很慢,因为他很老了。

有些人说他太老了,不能给桥点灯了,他应该待在**我的死**安度晚年。但老查克喜欢点灯,喜欢早上回来把灯熄灭。

老查克说每个人都应该有事可干,而给那两座桥点灯便是他的事。查理同意这看法:"如果老查克喜欢给桥点灯,那就让他干吧。这样他就不会胡闹了。"

这是玩笑,因为老查克至少有九十岁了,胡闹的事跟他沾不上边。

老查克眼神不好,快要撞在我身上时才看到我。我等着。

"你好,查克。"我说。

"晚上好,"他说,"我来给桥点灯。今天晚上你好吗?我来给桥点灯。美丽的夜晚,是不是?"

"是的,"我说,"真可爱。"

老查克走到废弃的桥上,从外套里取出六英寸长的火柴,点亮桥上朝向**我的死**的灯笼。从老虎时代以来,废弃的桥一直是这个样子。

在那些日子里,有两只老虎在桥上被捉住杀死了,然后桥被点着了。火只毁掉了桥的一部分。

老虎的尸体落到河里,现在你还能看见它们散落在河底那些有沙子的地方的骨头。它们被夹在石头缝里,这儿一块,那儿一块:小骨头、肋骨和一部分头骨。

河里有一座塑像,立在这些骨头旁边,它是某个很久以前被老虎咬死的人的塑像。没人知道他们是谁。

他们从未修过这座桥,现在它是废弃的桥。桥的两端各有一个灯笼。老查克每天傍晚点亮它们,虽然有人说他太老了。

真正的桥全部用松木建造。它是一座有顶棚的桥,里面总是漆黑一片,像一只耳朵。灯笼的形状是张面孔。

其中一张是一个漂亮孩子的面孔,另一张是鳟鱼的面孔。老查克用从外套里取出的长火柴点亮灯笼。

废弃的桥上的那些灯笼是老虎。

"我和你一起去**我的死**。"我说。

"噢,不,"老查克说,"我太慢了。你吃饭会迟到的。"

"你怎么办?"我说。

"我已经吃过了。我离开前,保琳给了我吃的东西。"

"我们今天吃什么?"我说。

"不告诉你,"老查克笑着说,"保琳说如果我在路上遇见你,不要告诉你晚上吃什么。她让我发过誓。"

"那个保琳。"我说。

"她让我发过誓。"他说。

我的死

我到**我的死**时,天几乎黑了。两颗晚星在一起闪烁。小的那颗已经移向大的那颗。它们现在非常近,几乎撞到了一起,接着它们一起向前,成为一颗非常大的星星。

我不知道这种事情是否公平。

我的死那边有灯光。我一边出了林子,走下山去,一边望着它们。它们在召唤,温暖而欢快。

就在我到达**我的死**之前,它变了。**我的死**就是那样:总是在变化。它渴求完美。我上楼来到门廊,推门进去。

我穿过起居室,走向厨房。屋里没人,没有人坐在河边的长沙发上。人们通常都聚在屋子的这边,或者他们站在巨石旁的树上,但现在两个地方都没有人。河边和树上有许多灯笼在闪闪发光。快开饭了。

当我来到屋子那边,我能闻到厨房里飘来的香味。我离开起居室,穿过河下的大厅。我听得见头顶的河流从起居室里流出来。河水流动的声音好听。

大厅非常干燥,我闻得到从厨房飘到大厅的香味。

差不多所有的人都在厨房,也就是说,那些在**我的死**吃饭的人。查理和弗雷德在谈什么事情。保琳准备好要开饭了。每个人都坐好了。她看见我很高兴。"喂,新来的。"她说。

"吃什么?"我说。

"炖肉,"她说,"你喜欢的做法。"

"真棒。"我说。

她对我甜甜地一笑。我坐下来。保琳穿着一件新衣服,我能看见她优美的体形。

衣服领口低,我看得见她的乳房那优美的曲线。一切都让我很开心。她的衣服有一股甜味,因为它是用西瓜糖做的。

"书写得怎么样了?"查理说。

"不错,"我说,"还不错。"

"我希望它不是关于松针的。"他说。

保琳先给我上菜。她给了我一大块炖肉。每个人都意识到我是第一个得到菜的,也意识到我的炖肉的大小。每个人都笑了,因为他们知道这意味着什么,他们对这一切感到高兴。

他们大多数人都不再喜欢玛格丽特了。几乎每个人都认为她同**阴死鬼**和他的团伙串通在一起,虽然从来没有任何真凭实据。

"这炖肉真好吃。"弗雷德说。他把一大勺炖肉塞进嘴里,汤都快流到外套上了。"呃唔唔唔——好吃,"他重复着,然后上气不接下气地说,"比胡萝卜好吃多了。"

艾尔好像听见了。他狠狠地盯了弗雷德一秒钟,但好像没有全听懂,因为他最后松了口气,说道:"当然喽,弗雷德。"

保琳轻轻地一笑,因为她听见了弗雷德的评论。我看她一眼，似乎在说：不要笑得太过分，亲爱的。你知道艾尔对自己做的菜自视如何。

保琳心领神会地点点头。

"只要写的不是松针。"查理重复道，虽然距离他说完上一句话，已经过去十几分钟了，而他刚才说的也是松针。

老虎

饭后,弗雷德说他来洗盘子。保琳说,噢,不,但弗雷德坚持要干;他开始收拾桌子,拿走调羹和盘子。桌子就算收拾干净了。

查理说想去起居室,坐在河边抽烟斗。艾尔打了个哈欠。其他人说他们要去做其他事情,然后就离开去做了。

接着,老查克进来。

"你怎么去了这么长时间?"保琳说。

"我决定在河边休息一会儿。我睡着了,我做了一个长长的关于老虎的梦。我梦见它们又回来了。"

"听上去真可怕。"保琳说。她浑身发抖,像一只鸟那样把双肩往回缩,两只手摁在上面。

"不,没事。"老查克说。他在椅子上坐下来。他花了很长时间才坐下来,然后好像被椅子吸住似的,紧紧地贴在上面。

"这次,它们和从前不同,"他说,"它们弹着乐器,在月亮里久久地散步。"

"它们停下来,在河边弹奏。它们的乐器好看。它们还唱歌。你记得它们的声音多么美。"

保琳又发抖了。

"是的，"我说，"它们的声音很美，但我从来没有听过它们唱歌。"

"它们在我的梦中唱歌。曲调我记住了，但记不住歌词。那是些好歌，一点儿也不可怕。也许我是老了。"他说。

"不，它们的声音是美。"我说。

"我喜欢它们的歌，"他说，"后来我醒了，感到冷。我看得见桥上的灯笼。它们的歌就像那些灯笼，正在烧着油。"

"我有点为你担心。"保琳说。

"不用，"他说，"我坐在草地上，背靠着树睡着了，做了一个长长的关于老虎的梦。它们唱歌，但我记不住歌词。它们的乐器也好，看上去就像那些灯笼。"

老查克的声音慢下来。他的身体一直在放松，直到他好像永远都坐在那把椅子里似的，两臂轻轻地放在西瓜糖上。

在**我的死**的更多谈话

保琳和我走进起居室,坐在小树林中的长沙发上,旁边是一大堆石头。我们的周围都是灯笼。

我拉着她的手。她的手在温柔的过程中变得非常有力量,那种力量使我的手感到安全,但也有一些激动。

她紧靠我坐着。透过她的衣服,我能感到她的体温。在我的心中,那体温和她的衣服颜色一样,是一种金色。

"书写得怎么样了?"她说。

"还不错。"我说。

"是关于什么的?"她说。

"噢,我也不知道。"我说。

"你想保密吗?"她笑着说。

"不。"我说。

"它是不是一个浪漫故事,就像遗忘工厂里的一些书?"

"不是,"我说,"它和那些书不一样。"

"我记得小时候,"她说,"我们常把那些书当燃料烧。它们这么多,烧了很长时间,但现在不多了。"

"不,它只是一本书。"我说。

"好了,"她说,"我不再拷问你了,但你不能因为一个人好奇而责怪他。这儿很长时间没有人写书了。我出生后肯定没有人写过。"

弗雷德洗完盘子进来,他看见我们坐在树上,灯笼照亮我们。

"喂,上面的。"他喊道。

"嗨。"我们冲下面喊。

弗雷德朝我们走来,跨过一条流进**我的死**的主河道的小河。他走过一条小金属桥,每一步都发出响声。我相信那座桥是**阴死鬼**在遗忘工厂发现的,他把它搬到这儿安上。

"谢谢你洗了盘子。"保琳说。

"不客气,"弗雷德说,"很抱歉打扰你们,我只是想来提醒明天早晨在瓜板冲压机那儿见面的事。我想让你看那儿的一件东西。"

"我没忘记,"我说,"是什么东西?"

"我明天会让你看的。"

"好的。"

"我就想说这些。我知道你们俩有很多话要说,所以我马上走。今天的饭真好吃,保琳。"

"你今天给我看的那件东西还在吗?"我说,"我想让保琳看看。"

"什么东西?"保琳说。

"弗雷德今天在林子里找到的一件东西。"

"不在,我没带来,"弗雷德说,"我把它留在小屋里了。明天早饭时我给你看。"

"是什么?"保琳说。

"我不知道是什么。"我说。

"真的,样子怪怪的,"弗雷德说,"就像遗忘工厂里的一件东西。"

"噢。"保琳说。

"不过,明天早饭时我会给你看的。"

"好的,"保琳说,"我很想看看,不管是什么。听上去挺神秘。"

"没问题,"弗雷德说,"现在我得走了。只是想提醒你明天早晨在瓜板冲压机那儿见。这不是件小事。"

"不必那么匆匆忙忙,"我说,"和我待一会儿。坐下。"

"不,不,不。不过还是谢谢你,"弗雷德说,"我得回家做事。"

"好的。"我说。

"再见。"

"再次谢谢你洗了盘子。"保琳说。

"不值一提。"

许多晚安

时间不早了,保琳和我去向查理说晚安。我们隐约看见他坐在长沙发上,旁边是他喜欢的塑像。寒冷的夜晚,他总是在身边点一小堆火取暖。

比尔加入进来,他们坐在一起,兴致勃勃地谈论着什么事情。这时候,比尔边说边舞动着双臂。

"我们来说晚安。"我打断他们说。

"嗨,"查理说,"是的,晚安。我是说,你们俩怎么样?"

"还行。"我说。

"今天晚上的饭真棒。"比尔说。

"是的,真好,"查理说,"肉炖得不错。"

"谢谢。"

"明天见。"我说。

"你要在**我的死**过夜吗?"查理说。

"不,"我说,"我要和保琳过夜。"

"那很好。"查理说。

"晚安。"

"晚安。"

"晚安。"

"晚安。"

蔬菜

保琳的棚屋离**我的死**一英里远。她很少待在那儿。它在城外。在西瓜糖里我们大概有三百七十五个人。

许多人住在城里，但一些人住在其他地方的棚屋里，当然还有住在**我的死**的我们。

除了街灯外，城里有几盏灯亮着。爱德华大夫的灯亮着，他夜里总是失眠。小学老师的灯也亮着，他也许正在为孩子们备课。

我们在过河的桥上停下。桥上有淡绿色的灯笼，形状像人的影子。保琳和我接吻。她的嘴唇湿润、冰凉，也许因为是在夜里。

我听见河里有一条鳟鱼在跳，一位夜间的跳跃者。鳟鱼溅起一道窄窄的、像门那样的水花。旁边有一座塑像。这是一粒硕大的豆子的塑像。不错，是一粒豆子。

很久以前，有人喜欢蔬菜。在西瓜糖里，这儿那儿一共散落着二三十座蔬菜塑像。

顶板厂旁边有一座蓟菜塑像，**我的死**的鳟鱼养殖场旁边有一个十英尺的胡萝卜，学校旁边有一个莴苣头，遗忘工厂大门旁边有一串洋葱，大家的棚屋旁边还有其他蔬菜塑像，棒球公园旁边有一颗甘蓝。

离我棚屋不远的地方有一座土豆塑像。我不是特别喜欢它，但很久以前，有人喜欢蔬菜。

我曾经问过查理那人是谁，但他说他对此也一无所知。"不过，一定是真的喜欢蔬菜。"查理说。

"是的，"我说，"在我的棚屋旁边就有一座土豆塑像。"

我们继续向保琳的地方走去。我们路过西瓜工厂。寂静，漆黑一片。明天早晨，它又会是明亮繁忙的。我们看得见高架渠。此刻，它是一道长长的、长长的影子。

我们来到过河的另一座桥上。桥上有平时的灯笼，河里有塑像。河底有十几盏昏暗的灯。它们是坟墓。

我们停下来。

"今天晚上坟墓挺好看。"保琳说。

"确实如此。"我说。

"这儿大部分是孩子，是吗？"

"是的。"我说。

"它们真是些漂亮的坟墓。"保琳说。

蛾子在光的上面扑动着翅膀，光是从河底的坟墓里射出来的。每一座坟墓上面都有五六只蛾子在扑动翅膀。

突然，一条大鳟鱼从水中跳到坟墓上面，抓住一只蛾子。其他蛾子散开去，然后又飞回来；这条鳟鱼又跳起来了，抓住另一只蛾子。它是一条能干的老鳟鱼。

这条鳟鱼不再跳了，蛾子在来自坟墓的光的上面宁静地扑动着翅膀。

又是玛格丽特

"玛格丽特是怎么看待这一切的?"保琳说。

"不知道。"我说。

"她是伤心、生气,还是怎样呢?你知道她感受如何吗?"保琳说,"你告诉她后,她跟你说话了吗?她至今还不跟我说话。昨天,我在西瓜工厂旁边看见她。我打招呼,但她一声不吭地从我的身边走过。她好像很不高兴。"

"我不知道她的感受如何。"我说。

"我还以为今天晚上她会来**我的死**,但她没来,"保琳说,"我不晓得我为什么认为她会来。这只是一种感觉,但我错了。你看到她了吗?"

"没有。"我说。

"我想知道她现在在哪儿。"保琳说。

"我想她和她哥哥在一起。"

"我对此深感不安。玛格丽特和我过去是那么要好的朋友。这些年来,我们一起待在**我的死**,"保琳说,"我们就像亲姐妹。事情变成这样,我感到内疚,但我们也无能为力。"

"感情是另一码事,谁也不知道会发生什么。"我说。

"你说得对。"保琳说。

她停下来吻我。然后我们过桥来到她的棚屋。

保琳的棚屋

保琳的棚屋全部是用西瓜糖做的，除了门是一棵美丽的、带灰色小点的松树，上面有一个石头把手。

就连窗户也是用西瓜糖做的。这儿的许多窗户都是用西瓜糖做的。经过做窗户的卡尔一加工，糖和玻璃就很难分辨了。这种东西完全取决于谁来做。这是一门复杂的手艺，卡尔会这门手艺。

保琳点亮灯笼。它烧西瓜鳟鱼油，闻上去有股香味。我们这儿有一种方法，能把西瓜和鳟鱼混在一起制造一种点灯用的好油。我们用它照明。它有一股淡淡的香味，点的灯很亮。

像我们所有的棚屋一样，保琳的棚屋非常朴素。每一件东西都放得是地方。保琳只有在想躲开**我的死**时，才来棚屋待上几个小时或者一个晚上。

我们每个待在**我的死**的人都有一间棚屋，什么时候去都行。我待在棚屋的时间要比别人多。每周我在**我的死**睡一夜。当然，饭大部分时候去那儿吃。我们这些没有固定名字的人常常独自待着。这适合我们。

"啊，我们到了。"保琳说。她在灯光中显得美丽，眼睛闪着光。

"你过来。"我说。她走近我。我吻她的嘴,然后抚摸她的乳房。它们如此光滑结实。我把手放在她的衣服正面。

"很舒服。"她说。

"让我们继续下去。"我说。

"那一定很好。"她说。

我们走到窗边,躺下。我脱掉她的衣服。她里面什么也没穿。我们就这样待了一会儿。然后我起来,脱掉外套,躺回她的身边。

一次爱,一阵风

我们久久地、缓缓地做爱。一阵风吹来,窗户轻轻颤动,糖在风中干裂。

我喜欢保琳的身体,她说她也喜欢我的,我们不知道该说什么。

风突然停了。保琳说:"那是什么?"

"是风。"

又是老虎

做完爱，我们谈论着老虎。是保琳先提起老虎的。她躺在我身边，感到温暖；她想谈老虎。她说老查克的梦使她想起它们。

"我不明白它们为什么会讲我们的语言。"她说。

"没人知道，"我说，"但它们会讲。查理说很久以前我们或许也是老虎，只是后来变了，但它们没变。我不知道。不过，这个想法有意思。"

"我从来没有听到过它们的声音，"保琳说，"那时候，我还小，而且只剩下几只老虎了。它们很少出山。它们太老了，已经不危险了，而且总有人在捕捉它们。"

"我六岁时，他们杀死了最后一只老虎。我记得猎手们把它带到**我的死**来。他们周围围着几百个人。猎手们说他们是在山上打死它的，它是最后一只老虎。

"他们把老虎带到**我的死**，所有人都跟来了。他们把木头堆在老虎上面，浇上西瓜鳟鱼油。一加仑一加仑的油。我记得人们往木堆上扔鲜花，然后站在旁边哭泣，因为那是最后一只老虎。

"查理拿出火柴，点着火。火烧起来，橘红色的熊熊火光持续了一个又一个小时,黑烟滚滚升到空中。

"火燃烧着,最后除了骨灰什么也没有剩下。然后人们就在当时当地,就在烧老虎的地方,建起了**我的死**的鳟鱼养殖场。现在,你去那儿跳舞时,很难想到这些。"

"我想你记得这一切,"保琳说,"当时你也在,你就站在查理身边。"

"不错,"我说,"它们的声音很美。"

"我从来没有听到过。"她说。

"这也许对你有好处。"我说。

"你也许是对的,"她说,"老虎。"然后马上在我的怀里睡着了。她的睡意试图侵入我的手臂、我的身体,但我不会让它得逞,因为我突然变得焦躁不安。

我起来,穿上外套,和每天夜里一样,出去散很长时间的步。

算术

夜色清凉，星星是红色的。我在西瓜工厂旁边散步。我们在厂里把西瓜加工成糖。我们取出西瓜的汁，把它煮干，直到只剩下糖，然后我们把它的形状做成我们拥有的这个东西：我们的生活。

我在河边的长沙发上坐下。保琳使我开始思考老虎。我坐在那儿思考它们，思考它们是怎样咬死并吃掉我的父母的。

我们一家住在河边的一间小屋里。我父亲种西瓜，母亲做面包。我去上学。我九岁了，不会做算术题。

一天早晨，我们正在吃早饭，老虎来了；没等我父亲抓起武器，它们先咬死了他，然后它们咬死了我的母亲。我的父母死前连话都没来得及说。我手里还拿着调羹，我正在吃玉米面粥。

"不要怕，"一只老虎说，"我们不会伤害你。我们不伤害孩子。坐在那儿别动，我们给你讲个故事。"

一只老虎开始吃我母亲。它咬掉她的胳膊，开始咀嚼。"你喜欢听什么样的故事？我知道一个关于兔子的好故事。"

"我不想听故事。"我说。

"行。"老虎说，然后它咬了我父亲一口。我久久地坐在那儿，手里拿着调羹。后来，我把它放下。

"他们是我的亲人。"最后我说道。

"很抱歉，"一只老虎说，"我们真是感到抱歉。"

"是的，"另一只老虎说，"如果不是不得已，我们不会这么做；如果不是被逼无奈，我们也不愿这么做。但只有这样我们才能活下去。"

"我们和你一样，"另一只老虎说，"我们和你说同样的语言。我们的想法也一致，但我们是老虎。"

"你们可以帮我做算术。"我说。

"你说什么？"一只老虎说。

"我的算术。"

"噢，你的算术。"

"是的。"

"你想知道什么？"一只老虎说。

"九乘九等于几？"

"八十一。"一只老虎说。

"八乘八等于几？"

"五十六。"一只老虎说。

我又问它们六个问题：六乘六、七乘四，等等。我特别不会做算术题。最后老虎对我的问题不耐烦了，它们让我走开。

"好的，"我说，"我到外面去。"

"别走得太远，"一只老虎说，"我们不想有人来杀死我们。"

"好的。"

它们俩又回去吃我的父母。我出去坐在河边。"我成了一个孤儿。"我说。

我看到河里有一条鳟鱼。它径直向我游来,停在河流结束、陆地开始的地方。它盯着我。

"你知道什么事情?"我对鳟鱼说。

这是在我去**我的死**生活之前。

大约一个小时后,老虎出来了。它们伸了伸懒腰,打了个哈欠。

"今天天气不错。"一只老虎说。

"是的,"另一只老虎说,"真好。"

"我们不得不杀死你的父母,并把他们吃掉,我们感到特别抱歉。请你理解我们。我们老虎并不邪恶,我们只是不得已而为之。"

"没关系,"我说,"谢谢你们帮我做算术作业。"

"不值一提。"

老虎走了。

我去**我的死**告诉查理,老虎吃了我的父母。

"太可怜了。"他说。

"老虎挺好。它们为什么不得不做这样的事情?"我说。

"它们控制不了自己,"查理说,"我也喜欢老虎。我和它们谈过许多次话。它们非常可爱,而且很会说话,但我们要除掉它们,用不了多久。"

"它们其中一只帮我做算术。"

"它们很帮忙,"查理说,"但它们危险。你现在怎么办呢?"

"我不知道。"我说。

"你愿意待在**我的死**这儿吗?"查理说。

"听上去不错。"我说。

"好,那就这么定了。"查理说。

那天夜里,我回到棚屋点了一把火。我什么也没拿便去**我的死**生活了。那是二十年前,尽管恍若昨日:八乘八等于几呢?

她是

最后,我不再想老虎了,开始走回保琳的棚屋。有一天我会再想老虎的。日子还长着呢。

今天夜里,我想和保琳待在一起。我知道她在睡梦中是美丽的,她正在等我回去。她是在等。

假曙光里的一只羊羔

在假曙光里,保琳在西瓜被下开始说梦话。她讲了一个关于一只去散步的羊羔的小故事。

"那只羊羔在草地上坐下,"她说,"那只羊羔不错。"故事就这样完了。

保琳经常说梦话。上周,她唱了一支短短的歌。我忘了它是怎么唱的。

我把手放在她的乳房上。她在梦中动了一动。我把手从她的乳房上拿掉,她又安静了。

她睡着后感觉很好。她的身体散发出一种慵懒的香味。也许那只羊羔就坐在那儿。

西瓜太阳

我比保琳醒得早,起来穿上外套。一片灰色的阳光透过窗户照进来,静静地映在地面上。我走过去,伸进一只脚,我的脚于是变成了灰色。

我看着窗外。越过田野、松树林和城市,我看到了遗忘工厂。一切都被染上了灰色:田里吃草的牛群、小屋的屋顶和遗忘工厂的大堆堆料看上去都像灰尘。空气本身也是灰色的。

我们这儿的太阳很有意思,它每天的颜色都不一样。谁也不知道为什么会这样。即便是查理也不知道。我们还尽量种不同颜色的西瓜。

我们用这样的方法:灰色日子里,采集灰色西瓜的种子,在灰色日子里种下,可以长出更多灰色的西瓜。

这其实很简单。每天的颜色和西瓜的颜色变化如下——

星期一:红色的西瓜。

星期二:金色的西瓜。

星期三:灰色的西瓜。

星期四:黑色的不出声音的西瓜。

星期五:白色的西瓜。

星期六:蓝色的西瓜。

星期日:棕色的西瓜。

今天是灰色西瓜的日子。我最喜欢明天:黑色的不出声音的西瓜的日子。你切它们时,它们不发出任何声音,味道非常甜。

它们非常适合做不出声音的东西。我记得有人用黑色的不出声音的西瓜做时钟,他的时钟不出声音。

这个人做了六七只这样的时钟,然后,他死了。

他的坟墓上挂着一只这样的时钟。时钟挂在苹果树枝上,风从河上吹来,时钟在风中摇晃。当然,它已经不准了。

保琳醒来时,我正在穿鞋。

"你好,"她揉揉眼睛说,"你起来了。现在几点了?"

"大约六点。"

"今天早晨我得去**我的死**做早饭,"她说,"过来吻我一下,告诉我你早饭想吃什么。"

手

我们手拉手朝**我的死**走去。手是非常美好的东西,尤其是当它们做完爱以后。

又是又是玛格丽特

我坐在**我的死**的厨房里,看着保琳用奶油面糊做我喜欢吃的热蛋糕。她把许多面糊、鸡蛋和好东西放在一只蓝色的大碗里,用一把木头调羹搅着面糊,调羹在她手里显得有点太大。

她穿着一件非常好看的衣服,头发梳起来盘在头顶;在来的路上,我停下来摘了几朵花戴在她的头上。

它们是蓝铃花。

"我在想玛格丽特今天是否会来,"她说,"如果我们又能够谈到一起的话,我会非常高兴。"

"不必担心,"我说,"一切都会正常的。"

"只是——唉,玛格丽特和我一直都是这么要好的朋友。我一直喜欢你,但我想我们只不过是朋友。

"你和玛格丽特好了这么多年了。我希望一切都能正常,玛格丽特能重新再找一个人,然后和我和好。"

"不必担心。"

弗雷德走进厨房,只说了声"呣呣——热蛋糕"便离开了。

草莓

查理大概吃掉了一打热蛋糕。我从未见他吃过这么多热蛋糕，而弗雷德比查理还多吃了几个。

真是相当可观。

还有一大盘咸肉、许多热牛奶、一大罐浓咖啡以及一碗新鲜的草莓。

早饭前，一个女孩从城里来，留下了这些草莓。她是一个文静的女孩。

保琳说："谢谢。你今天早晨穿的衣服太漂亮了，是你自己做的吗？一定是的，因为它这么好看。"

"噢，谢谢，"女孩子说道，她脸红了，"我只是想带些草莓给**我的死**做早饭，所以我早早起来，去河边采它们。"

保琳尝了一颗草莓，递给我一颗。"这些草莓真好，"保琳说，"你一定知道采草莓的好地方，你一定要告诉我这个地方在哪儿。"

"它就在棒球公园旁边的甘蓝塑像附近，上面是那座滑稽的绿桥。"女孩说。她十四岁左右，她的草莓在**我的死**大受欢迎，这使她感到非常高兴。

所有的草莓在早饭时都被吃光了，之后又是热蛋糕。"这些蛋糕真棒。"查理说。

"你还要吗?"保琳说。

"假如还有面糊,也许再来一块。"

"还有许多,"保琳说,"弗雷德,你呢?"

"哦,也许再来一块。"

小学老师

早饭后,我吻了吻正在洗盘子的保琳,便和弗雷德一起去西瓜工厂看他想让我看的瓜板冲压机。

在这样一个有灰色太阳的早晨,我们俩溜达着向那儿走去。天看起来要下雨,但肯定不会下。今年第一场雨要等到十月十二日才会下。

"玛格丽特今天早晨没来。"弗雷德说。

"是的,她没来。"我说。

我们停住,和带学生去林子里散步的小学老师说着话。我们和他说话时,孩子们便在旁边的草地上坐下,围成一圈,如同一圈蘑菇或雏菊。

"喂,书写得怎么样了?"小学老师说。

"还行。"我说。

"我等着拜读呢,"小学老师说,"你语言表达能力强。我还记得你上六年级时写的关于天气的文章,不同凡响。

"你对冬天云彩的描写极其准确,同时又很感人,有相当一部分内容具有诗意。真的,我对你的书非常感兴趣。你能透露点内容吗?"

此时,弗雷德显得很不耐烦。他过去和孩子们坐在一起。

他开始对一个男孩讲起什么事情。

"你是把那篇关于天气的文章扩充成了一本书,还是在写一本其他内容的书?"

那个男孩对弗雷德说的话很感兴趣。另外两个孩子挪了过去。

"噢,书还在写,"我说,"很难讲它写的是什么,但写完后,你将是我的第一批读者。"

"我对你当作家一直充满信心,"小学老师说,"很长一段时间以来,我自己也想写本书,但教学耗费掉我太多时间。"

弗雷德从口袋中取出一件东西。他给那个男孩看。男孩看了看,便转给了其他孩子。

"真的,我想写一本关于教学的书,但至今我还在忙于教学,没有时间写作。但我因为太忙而做不了的事情,现在由一位以前的尖子学生来替我高举这面光荣的大旗,也是非常鼓舞人心的。祝你一帆风顺。"

"谢谢。"

弗雷德把那件东西放回口袋。小学老师命令全体学生站起来,然后他们向树林走去。

他开始对他们讲非常重要的事情。这个我看得出来,因为他先向后指指我,然后指着头顶上飘浮着的一朵低垂的云。

瓜板冲压机底下

我们还没到西瓜工厂,空气中就弥漫着桶里煮着的糖的甜味。一层层、一条条、一块块的糖在阳光中凝固:红色的糖,灰色的糖,黑色的不出声的糖,白色的糖,蓝色的糖,棕色的糖。

"糖真是好看。"弗雷德说。

"是的。"

我向艾德和麦克挥挥手,他们的工作是赶走来吃糖的鸟。他们也向我挥挥手,然后其中一位跑去赶一只鸟。

西瓜工厂大约有十几个工作人员。我们来到里面,两个大桶下面正烧着大火,彼特在为火添木头。他看上去很热,汗流浃背,但他平常就那样。

"糖怎么样了?"我说。

"不错,"彼特说,"很多很多的糖。**我的死那边怎么样?**"

"不错。"我说。

"你和保琳之间是怎么回事?"

"纯属谣传。"我说。

我喜欢彼特。我们是多年的朋友。小时候,我经常来西瓜工厂帮他添火。

"我敢说玛格丽特一定气坏了,"他说,"我听说她为你伤透了心。她哥哥是这么说的。她越来越憔悴。"

"这个我不知道。"我说。

"你来这儿干什么?"他说。

"我来这儿是为了给火添一块木头。"我说。我走过去,捡起一块大大的松木结,扔进桶底下的火里。

"还是老样子。"他说。

工头走出办公室,来到我们身边。他显得有点疲倦。

"嗨,埃德加。"我说。

"喂,"他说,"你好吗?早上好,弗雷德。"

"早上好,头儿。"

"是什么风把你吹来的?"埃德加说。

"弗雷德想让我看件东西。"

"什么东西,弗雷德?"埃德加说。

"这是私事,头儿。"

"噢,那就滚远点。"

"会的,头儿。"

"看见你来我总是很高兴。"埃德加对我说。

"你看上去有点疲倦。"我说。

"是的,昨天晚上我熬夜了。"

"那么,今天晚上好好睡。"我说。

"我正打算这样。我一下班就直接回家睡觉。晚饭都不想吃了,随便来一口就行。"

"睡觉对你有好处。"弗雷德说。

"我想我该回办公室了,"埃德加说,"我还有一些文件要处理。再见。"

"哦,再见,埃德加。"

工头回办公室去了,我和弗雷德去看瓜板冲压机。我们用它生产西瓜板。今天,他们正在生产金色的板。

弗雷德是副领班,他手下的人已经在那里生产瓜板了。

"早上好。"他手下的人说。

"早上好,"弗雷德说,"我们这儿先停一分钟。"

一个工人关掉机器,弗雷德让我过去,趴在地上,钻到冲压板下。我们来到一个漆黑的地方。他划着火柴,让我看一只倒挂在轴承盖上的蝙蝠。

"你觉得怎么样?"弗雷德说。

"哦。"我盯着蝙蝠说。

"我是两天前在这儿发现它的。是不是棒极了?"他说。

"让它抢了先。"我说。

午饭前

我欣赏完弗雷德的蝙蝠,从冲压机底下爬出来,告诉他我得回棚屋干点活儿:种一些花什么的。

"你去**我的死**吃午饭吗?"他说。

"不去,我想过一会儿去城里的咖啡店随便吃点什么。你为什么不跟我一块儿去呢,弗雷德?"

"行,"他说,"我想他们今天有肉肠和泡菜。"

"那是昨天。"一个工人主动说。

"你说得对,"弗雷德说,"今天是烤肉卷。你觉得怎么样?"

"可以,"我说,"那么就午饭见,十二点左右。"

我走了,留下弗雷德在那儿管理瓜板冲压机,一大块一大块金色的西瓜糖板从链条上送下来。温暖的灰色阳光下,西瓜工厂在冒泡、蒸干,散发出甜甜的柔和的味道。

而艾德和麦克正在赶鸟。麦克在赶一只知更鸟。

坟墓

我在回棚屋的路上决定去河边,他们正在往河里安装坟墓。我想去看看那些鳟鱼,每次安装坟墓时,它们都好奇地围在那儿。

我路过城里,街上静悄悄的,没有几个人。我看见爱德华大夫正拎着包去某个地方,我向他挥挥手。

他也向我挥挥手,然后做了个姿势,表示有要事在身。城里也许有人病了。我挥挥手,让他继续赶路。

饭店门前有两个老人坐在摇椅上。一个在摇,另一个睡着了。睡着的那位膝盖上放着报纸。

我闻到糕点铺里蒸面包的味道,商店门前拴着两匹马。我认出其中一匹是从**我的死**来的。

我出了城,经过西瓜地边的一些树,树上长满了苔藓。

一只松鼠窜进树枝。它没有尾巴。我在想它的尾巴怎么了,估计是在什么地方弄丢了。

我在河边的长沙发上坐下。沙发旁边有一座草的塑像,叶片是铜的,多少年风吹雨打使它们变成了真草的颜色。

四五个人在安装坟墓,他们是坟墓安装队。坟墓装在河底,我们就是这样把死者埋在这儿的。当然,老虎昌盛时,我们的坟墓要少得多。

而现在，我们把他们都装在玻璃棺材里，埋在河底，并在里面放上磷火。这样，它们在晚上闪闪发光，我们可以欣赏一番。

我看见一群鳟鱼围在一起观看坟墓安装。它们是美丽的彩虹鳟鱼。这条河里非常小的一块地方大概就有一百条这样的鳟鱼。这些鳟鱼对这类事情特别好奇，其中有许多围过来观看。

坟墓安装队把柱子沉到河底，然后取走水泵。他们现在开始镶嵌玻璃。坟墓很快就能安装完毕，门在需要时会打开，有人会进到里面，长久地待在那里。

鳟鱼元老

我看见一条我认识很久的鳟鱼正在观看坟墓安装。它就是那鳟鱼元老,是在**我的死**的鳟鱼养殖场里养大的。我认得出来,因为它的下巴上系着**我的死**的小铃。它年岁不小了,好几磅重,正充满智慧缓缓游动。

鳟鱼元老通常只待在上游的镜子塑像旁边。我曾经花过好几个小时观察这条鳟鱼在深水中的样子,我估计它对这座坟墓非常好奇,所以才游下来看人们安装它。

我在纳闷,因为鳟鱼元老通常对观看坟墓安装不感兴趣。我想这是因为它们以前看得太多了。

我记得有一次他们在镜子塑像旁边安装一座坟墓。因为这座坟墓很难安装,他们花了整整一天,而它却一直一动不动地待在那儿。

坟墓在快要安装好时塌了。查理来到下面,伤心地摇摇头。坟墓不得不重新造。

但现在,这条鳟鱼正全神贯注地观看着坟墓安装。它在离河底只有几英寸、离柱子十英尺的地方徘徊着。

我走下去蹲在河边。这条鳟鱼一点儿也没有因为离我这么近而害怕。鳟鱼元老回过头来看着我。

我相信它认出了我,因为它盯了我两分钟后便又回去观看坟墓安装。此时,最后一块玻璃镶嵌完毕。

我在河边待了一会儿;当我起身回棚屋时,鳟鱼元老回头盯着我,直到看不见我。我想,它还在盯着我。

第二部 阴死鬼

九样东西

回到棚屋真是不错，但门上贴着一张玛格丽特留下的条子。我读了条子，很不高兴。我把它扔掉，扔到永远也找不着的地方。

我坐在桌前，透过窗户，眺望着**我的死**。我写了点东西。我写得很快，没出一个错，然后我把它们放在一边。它们是用西瓜籽墨水写在这些散发着甜味的木板上的，木板是比尔在顶板工厂生产的。

然后，我想我要去外面，在土豆塑像旁边种一些花。绕着七英尺的土豆种一圈花一定很好看。

我从放东西的箱子里取出一些种子。我发现东西都乱了，所以我在播种前，把所有东西归置整齐。

我大概有九样东西：一个小孩的球（我想不起来是哪个小孩）、九年前弗雷德送我的一件礼物、那篇关于天气的文章、一些数字（从一到二十四）、另一件外套、一块蓝色的金属、遗忘工厂的某件东西、一绺要洗的头发。

我把种子放在外面，因为我将把它们撒在土豆周围的空地上，我在**我的死**的房间里还有一些别的东西。我在那儿有一间舒适的房间，它朝向鳟鱼养殖场。

我来到外面,一边在土豆周围播种,一边又开始想是谁这么喜欢蔬菜,他们埋在哪儿,在哪条河下,老虎是否在很久以前已经吃掉他们,当老虎美丽的声音说:"我非常喜欢你的塑像,尤其是棒球公园旁边的那颗甘蓝,但是,可惜呀……"

又是又是又是玛格丽特

我在桥上来来回回走了半个多小时,但我一次也没有发现那块玛格丽特总是踩在上面的木板,那块就是全世界的桥都放在一起,合成一座桥,她也不会错过,一定会踩在上面的木板。

打盹儿

突然间,我感到十分疲倦,便决定在午饭前打个盹儿。我走进棚屋,躺在床上。我仰望着天花板,仰视着西瓜糖的横梁。我盯着那些颗粒,不一会儿就睡得很沉了。

我做了两个短短的梦,其中一个关于一只蛾子,这只蛾子稳稳地站在一个苹果上面。

接着,我做了一个长长的梦,它又是关于**阴死鬼**和他的团伙的历史,以及几个月前发生的可怕的事情。

威士忌

阴死鬼和他的团伙住在遗忘工厂旁边的一小片破烂的棚屋里，屋顶是漏的。他们死之前一直住在那儿。我想他们有二十个人，都是男的，和**阴死鬼**一样，都不是好人。

最开始只有**阴死鬼**一个人住在那儿。一天晚上，他和查理打了一架，他让查理滚远点儿；他说他宁愿住在遗忘工厂旁边，也不住在**我的死**。

"去你妈的**我的死**。"他说完离开，在遗忘工厂旁边给自己建起一间破烂棚屋。他整天在那儿挖掘，用挖出来的东西酿造威士忌。

后来有两个人加入进来，而且时不时有新人加入，你一定猜得出他们会是些什么人。

他们在加入**阴死鬼**的团伙前，总是不高兴，有点神经质，人也不可靠，或者说手脚不老实；他们经常谈一些好人听不懂或者不想懂的事情。

他们变得越来越神经质，越来越不中用，最后你就会听到他们已经加入了**阴死鬼**的团伙，正和他一起在遗忘工厂里干活，报酬是**阴死鬼**用遗忘的东西酿造的威士忌。

又是威士忌

阴死鬼五十岁左右,他是在**我的死**出生长大的。我记得小时候坐在他的腿上听他讲故事。他知道一些非常好听的故事……而且玛格丽特也在那儿。

后来他变坏了,这是两年前发生的事情。他不停地为一些琐碎的事情发火,然后一个人去了**我的死**的鳟鱼养殖场。

他开始经常待在遗忘工厂里。查理问他在那儿干什么,**阴死鬼**说:"噢,不干什么,只是一个人待着。"

"你在那儿挖掘时发现了什么东西?"

"噢,什么也没发现。"**阴死鬼**在撒谎。

他变得离群,后来他说的话变得古怪、含糊不清,而且他举止疯癫、脾气暴躁,夜里常常待在鳟鱼养殖场。有时候他会突然大笑起来,你听得见他的笑声在房间和大厅回响,然后传进了变化多端的**我的死**——它变化的方式无法描述,让我们非常喜欢,恰恰又适合我们。

大打出手

阴死鬼和查理是在一个晚上吃饭时打的架。那时候,弗雷德正递给我一些土豆泥。

这场冲突已经酝酿了好几周。**阴死鬼**的笑声变得越来越响,弄得大家夜里几乎无法入睡。

阴死鬼总是醉醺醺的,谁的话都不愿听,即使查理的话也不愿听。他甚至不愿听查理的。他告诉查理管好自己的事:"管好你自己的事。"

一天下午,还没有长大的保琳发现他躺在浴缸里,喝得烂醉,唱着下流的歌。她吓坏了,他拿着一瓶他在遗忘工厂酿的东西。他身上的味道难闻极了,用了三个男人才把他弄出浴缸,搬到床上。

"给你土豆泥。"弗雷德说。

我正在往盘子里舀一大勺土豆泥,用它调剩下的肉汁,而**阴死鬼**动都不动他面前的炸鸡,它已经凉了。这时候,他忽然转向查理,说道:"你知道这个地方出了什么毛病吗?"

"不知道,什么毛病,**阴死鬼**?这些日子你好像什么都知道。告诉我。"

"我会告诉你的。这个地方正在发臭,这儿根本不是**我的**

死。这只是你虚构出来的假象。你们这些家伙只是一帮蠢货，正在你们愚蠢的**我的死**做着蠢事。

"**我的死**——哈，别逗我了。这个地方只是一个哗众取宠的地方。就算**我的死**走过来咬你们一口，你们也不会了解它。

"我比你们所有这些家伙都了解**我的死**，尤其是比那个自以为是的查理更了解。就是把你们这些家伙加起来，也不如我一根小指头了解**我的死**。

"你们对这儿发生的事情一无所知。我知道。我知道。我知道。让你们的**我的死**滚蛋吧。关于**我的死**，我忘掉的东西也比你们一辈子能了解的还多。我马上就要去遗忘工厂生活了。你们这些家伙可以待在这个他妈的老鼠窝里。"

阴死鬼站起来，把炸鸡扔到地上，跺着脚摇摇晃晃地离开了这个地方。饭桌上鸦雀无声，很长时间没有人开口说话。

后来，弗雷德说："别难过，查理。明天他会酒醒的，一切都将改变。他不过是又喝醉了，酒一醒，他就会变好。"

"不，我想他再也不会回来了，"查理说，"我也希望一切都能变好。"

查理看上去非常悲伤，我们也很悲伤，因为**阴死鬼**是查理的哥哥。我们坐在那儿，盯着自己的食物。

时间

许多年过去，**阴死鬼**一直住在遗忘工厂旁边，他渐渐地纠集起一帮人。他们和他一模一样，相信他所相信的东西，学他的样子干事情；他们去遗忘工厂挖掘，喝用他们找到的东西酿造的威士忌。

有时，他们会把一个喝醉的同伙弄醒，派他进城去卖被遗忘的东西：那是些特别好看或奇怪的东西，或是几本我们当时拿来烧火的书。遗忘工厂里这种东西到处都是，有成千上万件。

他们用被遗忘的东西换回面包、食品等各种各样的东西，因此，除了挖掘和喝酒，他们用不着干什么。

玛格丽特长成了一位非常漂亮的年轻姑娘，我们开始谈恋爱。一天，玛格丽特来到我的小屋。

她还没有到，我就猜出是她，因为我听见她的脚步声从她总是踩在上面的那块木板上传来。这使我高兴，使我的胃像一个张着嘴的铃那样叮咚作响。

她敲门。

"进来，玛格丽特。"我说。

她进来，吻了吻我。"你今天干什么？"她说。

"**我要去我的死做雕塑。**"

"你还在做那个铃吗?"她说。

"是的,"我说,"进展得很慢。已经用去太多的时间,但愿能早点结束。我开始烦了。"

"然后干什么?"她说。

"我不知道。亲爱的,你想干什么?"

"噢,"她说,"我想去遗忘工厂逛逛。"

"又去?"我说,"你一定很喜欢待在那里。"

"那地方好玩。"她说。

"你大概是唯一一个喜欢那个地方的女人。**阴死鬼**和他的团伙把其他女人都吓跑了。"

"我喜欢那儿。**阴死鬼**没有恶意,他只是常醉不醒。"

"好的,"我说,"亲爱的,没关系,过一会儿到**我的死**来找我。我再干几个小时就来陪你。"

"你这就去吗?"她说。

"不,我这儿还有几件事要干。"

"要我帮忙吗?"她说。

"不用,这几件事我需要自己干。"

"那么,好吧。一会儿见。"

"过来吻我一下。"我说。

她过来,我把她紧紧地抱在怀里,吻吻她的嘴,然后她笑着离开了。

铃

过了一会儿,我动身去**我的死**做那个铃。进展一点儿也不顺利。最后我只能坐在椅子上,盯着它看。

我有气无力地拿着凿子,后来我把它放到桌上,心不在焉地用一块布盖上。

弗雷德进来,看见我坐在那儿盯着那个铃,他什么也没说又离开了。看上去甚至不太像铃。

最后是玛格丽特来救了我。她穿着一件蓝衣服,头发上系着一根丝带,手里拎着一个篮子,里面装满她在遗忘工厂里找到的东西。

"怎么样了?"她说。

"完成了。"我说。

"看上去还没完成。"她说。

"完成了。"我说。

保琳

我们在离开**我的死**时见到查理,他正坐在河边自己心爱的长沙发上,给聚在那儿的鳟鱼喂一小片一小片的面包。

"你们两个孩子去哪儿?"他说。

"噢,出去散散步。"没等我开口,玛格丽特就说道。

"那就好好去散步吧,"他说,"天气不错,是不是?漂亮的蓝色大太阳在闪耀。"

"当然啰。"我说。

保琳走进屋里,走到我们身边。"喂,你们好。"她说。

"嗨。"

"晚饭想吃什么,查理?"她说。

"烤牛肉。"查理开着玩笑。

"好的,到时候你会吃到的。"

"多么令人惊喜,"查理说,"今天是我的生日吗?"

"不是。你们俩好吗?"

"不错。"我说。

"我们正要去散步。"玛格丽特说。

"听上去不错。再见。"

遗忘工厂

没有人知道遗忘工厂存在多久了，它延伸向我们无法去也不想去的远方。

没有人曾在遗忘工厂里走过很远，除了那个据查理说写了一本关于它的书的家伙。我想知道他待在那儿几周碰到过什么麻烦。

遗忘工厂就这样往前延伸延伸延伸延伸延伸延伸延伸延伸延伸。你明白了吧。它是个大地方，比我们大多了。

玛格丽特和我手拉手向那儿走去，因为我们在谈恋爱；我们穿过蓝色日子里的阳光，头顶上飘着发光的白云。

我们跨过许多条河，路过许多东西，然后我们看见阳光反射在**阴死鬼**的那些棚屋漏水的屋顶上，那就是遗忘工厂的入口。

那里有一扇大门。大门旁边是一个被遗忘的东西的塑像。门上挂着一块标识牌，上面写着：

这是遗忘工厂的入口

当心

你也许会迷路

同垃圾们的对话

阴死鬼出来迎接我们。他的衣服脏兮兮、皱巴巴的,人也是这样。他看上去一团糟,又喝醉了。

"喂,"他说,"又来了,嗯?"他说道。虽然他说话时看着我,但他更像是在对玛格丽特而不是我说话。**阴死鬼**就是这种人。

"只是看看。"我说。

他听完笑了。另外两个家伙从棚屋里出来,盯着我们。他们看上去和**阴死鬼**一模一样。他们通过干坏事和喝用被遗忘的东西酿造的威士忌把自己弄得一团糟。

其中一个黄头发家伙在一堆让人恶心的东西上坐下,像动物那样盯着我们。

"下午好,**阴死鬼**。"玛格丽特说。

"你也是,美人。"

阴死鬼的那两个垃圾笑了,我狠狠地看他们一眼,他们立刻闭上了嘴。其中一个用手擦擦嘴,走回了他的棚屋。

"不过是表示友好,"**阴死鬼**说,"别见怪。"

"我们来这儿只是想看看遗忘工厂。"我说。

"悉听尊便。"**阴死鬼**指着遗忘工厂说。工厂一点点升高，耸立在我们上方，直到大堆大堆被遗忘的东西成为至少绵延百万英里的山脉。

在那儿

你也许会迷路

而我们从大门走进遗忘工厂。玛格丽特开始东张西望,找她喜欢的东西。

遗忘工厂里不长任何植物,也没有任何动物,就连一根草也看不到,鸟拒绝从这个地方飞过。

我在一个轮子似的东西上坐下,望着玛格丽特用一根棍子似的被遗忘的东西,在满满一小堆东西里戳来戳去。

我看见脚边有一件东西。它是一块冻成大拇指形状的冰,但大拇指上面鼓出来一块。

这是一根驼背拇指,摸上去冰凉冰凉的,但开始在我的手中溶化。

指甲在溶化,我便把它扔掉了;它落在我的脚边,不再溶化,虽然空气并不冷。太阳很热,在空中是蓝色的。

"你找到喜欢的东西了吗?"我说。

遗忘工厂的主人

阴死鬼走进来，走到我们身旁。见到他，我并没有感到格外高兴。他拿着一瓶威士忌，鼻子红红的。

"找到你喜欢的东西了吗？"**阴死鬼**说。

"还没有。"玛格丽特说。

我狠狠地瞪了**阴死鬼**一眼，但他好像若无其事，一切仿佛是水过鸭背不留痕。

"今天我找到了一些真正有趣的好东西，"**阴死鬼**说，"就在我去吃午饭前。"

午饭！

"离这儿还不到四分之一英里。我可以带你们去看看。"**阴死鬼**说。

没等我说不，玛格丽特已经抢先答应下来。我心里不高兴，但我不愿当着**阴死鬼**的面和她争吵，那样他对他的那帮人就有的说了，而他们会哈哈大笑。

这样会让我很难受的。

因此，我们跟随这个醉鬼走了他所说的四分之一英里路，但我看那差不多有一英里。道路拐来拐去，越升越高，直抵堆料。

"天气不错,是不是?"**阴死鬼**说。他在一大堆像罐头盒一样的东西旁边停下来喘口气。

"是的。"玛格丽特说。她一边对**阴死鬼**微笑,一边指着一朵她特别喜欢的云。

我感到恶心:一个正派女人在对**阴死鬼**微笑。我忍不住要想,接下来会发生什么呢?

我们终于来到那堆**阴死鬼**认为非常好的东西面前,他领我们在遗忘工厂里走了这么远来看它们。

"啊,它们真漂亮。"玛格丽特说。她一边笑着,一边走过去把它们装进篮子,装进那只她带来装这种东西的篮子。

我看着它们,但看不出什么名堂。说实话,它们有点难看。**阴死鬼**靠在一个被遗忘的东西上面,那东西和他一样大小。

回来的路上

在走回**我的死**的途中，我和玛格丽特很长时间都不吭声。我没有主动提出帮她拎篮子。

篮子很重，她热得满头大汗，我们不得不一次又一次地停下来，让她歇歇脚。

我们坐在一座桥上。这座桥是石头造的，石头从远方采来，按适当的顺序码好。

"怎么了？"她说，"我做错了什么事情？"

"没什么，你什么也没有做。"

"那你为什么跟我生气？"

"我没跟你生气。"

"不，你生气了。"

"不，我没有。"

事情要发生了

第二个月,它发生了,没有人知道会发生什么。我们怎么可能想象得到**阴死鬼**的心里在琢磨这样一件事?

我们用了很多年才忘记老虎和它们对我们做的那些可怕的事情。怎么会有人想去做其他事情呢? 我不知道。

在事情发生前的几周里,**我的死**一切正常。我开始做另一座塑像,而玛格丽特不停地去遗忘工厂。

塑像进展得不顺利,没过多久,我去**我的死**也只是盯着塑像看。进展得一点儿也不顺利,向来如此,我做塑像运气向来不佳。我在考虑去西瓜工厂找一份工作。

有时候,玛格丽特独自一人去遗忘工厂。这令人担心。她那么漂亮,**阴死鬼**和他的团伙又那么丑,他们没准儿会动什么念头。

她为什么总想去那里?

谣　言

快到月底了，从遗忘工厂传来奇怪的谣言，全都是**阴死鬼**对**我的死**的蛮横指责。

据说他不停地大声嚷嚷，说我们把**我的死**搞得一塌糊涂，而他知道该怎么办。他还说我们没有把鳟鱼养殖场办好，真是丢人现眼。

想象一下关于我们**阴死鬼**会说些什么。据说他认为我们是娘娘腔，还说了些关于老虎的事情，谁也听不懂。

说什么老虎是一笔好交易。

一天下午，我陪玛格丽特去遗忘工厂。我不想去，但我也不想让她一个人去。

她想为她的遗忘收藏再找点东西。她的东西早已够多了。

她的棚屋和她在**我的死**的房间里堆满了这些东西，她甚至还想把一些存在我的棚屋里。我说不行。

我问**阴死鬼**怎么了。他和平时一样醉醺醺的，他的那帮酒鬼围在旁边。

"你们这些家伙根本不了解**我的死**。让我来告诉你们什么才是真正的**我的死**。"**阴死鬼**说。

"你们这些家伙是一群娘娘腔，只有那些老虎勇敢。让我来告诉你们,让我们来告诉你们每一个人。"他最后的话是对手下的人说的。他们欢呼,把手中的威士忌酒瓶举得高高的,举向红色的太阳。

又是回来的路上

"你为什么要去那儿?"我说。

"我就是喜欢被遗忘的东西,我在收集它们,我认为它们非常可爱。那有什么错吗?"

"你说'那有什么错'是什么意思?你没有听见那个酒鬼说我们什么吗?"

"这和被遗忘的东西有什么关系?"她说。

"他们用那些东西酿酒喝。"我说。

那天晚饭

那天晚饭，**我的死**情况不妙，每个人吃饭时都心不在焉。艾尔做了一顿胡萝卜大杂烩，把它们同蜂蜜和香料拌在一起，很好吃，但没有人在意。

每个人都在担心**阴死鬼**。保琳没动她的饭，查理也没有。但奇怪的是，玛格丽特却在狼吞虎咽。

大家沉默了很长一段时间。最后，查理说："我不知道会发生什么，看上去情况严重了。自从**阴死鬼**和遗忘工厂搅到一起，开始酿造他的威士忌，并把别人引到那里去过他那样的生活以来，有很长一段时间，我一直害怕会有这样的事情发生。

"我知道有事情要发生。这已经有很长一段时间，现在好像正迫在眉睫，一触即发。也许是明天。谁知道呢？"

"我们应该做什么？"保琳说，"我们又能做什么？"

"只能等待，"查理说，"仅此而已。在他们有所行动前，我们不能去威胁他们，也不能保卫自己，谁又知道他们要干什么呢。他们不会告诉我们的。

"昨天早上我去了那儿，问**阴死鬼**怎么了，他说我们不久就会看到。他们会告诉我们什么才是真正的**我的死**，而不是我们胡说八道的那样。玛格丽特，关于这件事你知道些什么吗？你最近常去那儿。"

大家都看着她。

"我什么也不知道。我去那儿只是找被遗忘的东西，他们什么也没告诉我，他们对我一直不错。"

每个人都不想这么做，但他们还是情不自禁转过头去。

"不管发生什么，我们都能应付，"弗雷德打破沉默说，"那些喝醉的酒鬼干出的事情没有我们应付不了的。"

"当然。"老查克说，虽然他非常老了。

"你说得对，"保琳说，"我们能应付。我们生活在**我的死**。"

玛格丽特继续吃她的胡萝卜，好像什么也没发生。

又是保琳

玛格丽特让我非常生气。她想和我一起睡在**我的死**,但我说:"不行,我想去棚屋一个人待着。"

她很伤心,一个人去了鳟鱼养殖场。我才不在乎呢。晚饭时她的表现真让我恶心。

离开**我的死**时,我在起居室碰到保琳。她手里拿着一幅油画,要把它挂到墙上。

"你好,"我说,"你拿着的这幅画真好看。是你自己画的吗?"

"是的,是我画的。"

"它非常好看。"

画上是很久以前处在其中一种变化中的**我的死**。那是**我的死**过去的样子。

"我不知道你会画画。"我说。

"只是业余画画。"

"画得真好。"

"谢谢。"

保琳脸有点红了。我以前从未见过她脸红,或许是我不记得了。她脸红好看。

"你认为一切都会没事的,是吗?"她换了个话题。

"是的,"我说,"不必担心。"

面孔

我离开**我的死**,走上回小屋的路。夜忽然变得非常冷,星星像冰一样闪着寒光。要是带着厚呢大衣该多好啊!我在路上走着,直到看见桥上的灯笼。

它们中有一些灯笼是漂亮的孩子,真正的桥上有一个鳟鱼灯笼,废弃的桥上有一些老虎灯笼。

我隐约看见某个被老虎咬死的人的塑像,但没有人知道他是谁。在我们杀死最后一只老虎,把尸体在**我的死**烧掉,并在原地建起鳟鱼养殖场之前,老虎已经咬死很多很多人。

塑像立在桥旁的河中。它满脸愁容,仿佛不想成为一座某个很久以前被老虎咬死的人的塑像。

我停下来,凝视着远方。过了一会儿,我来到桥上。我穿过有顶棚的真正的桥的黑色通道,路过闪光的面孔,进入松树林,向我的棚屋走去。

棚屋

在通往棚屋的桥上,我停下来。桥在我的脚下感觉不错,它是用我喜欢的东西造的,那些东西适合我。我凝视着我的母亲。现在,她只是另一个倚着夜空的影子,但她曾经是一个好女人。

我走进棚屋,用六英寸长的火柴点亮灯笼,西瓜鳟鱼油烧起来,闪着美丽的光。这油不错。

我们把西瓜糖、鳟鱼汁和特殊的草本植物混合在一起,经过一定的时间造出这种好油。我们用它点亮我们的世界。

我困极了,但我不想睡觉。我越困,就越不想睡觉。我和衣在床上躺了很久。我没有吹灭灯笼,一直盯着屋子里的影子。

在这样一个充满凶兆、千钧一发的时刻,这些影子十分可爱。我困极了,我的眼睛却不愿合上。眼皮不愿意落下。它们是眼睛的塑像。

提灯笼的女孩

我终于再也无法忍受躺在床上睡不着了，便出去散步。我穿上红色的厚呢大衣，这样我就不会感到冷。我想正是因为失眠我才出去散步。

我沿着高架渠脚下散步，在那地方散步不错。高架渠大概有五英里长，但我们不知道为什么要修高架渠，因为到处都是水。这儿一定有两三百条河。

即便是查理，对他们为什么修高架渠也一无所知。"也许很久以前缺水，所以他们要修高架渠。我不知道，不要问我。"

我做过一个梦，梦见高架渠是一件乐器，里面灌满水，水上面是用小西瓜链串起的铃。水流过，铃发出声响。

我把梦告诉弗雷德，他说听上去不错。"那会产生真正好听的音乐。"他说。

我沿着高架渠走了一会儿，然后在水渠与镜子塑像旁边河流的交叉口久久地站着，一动不动。我看见河底所有坟墓放射出的光，人们愿意葬在那儿。

我顺着其中一根圆柱的梯子爬上去，在高架渠边坐下。我离下面大约有二十英尺，两条腿在那儿荡来荡去。

我久久地坐着，什么也不想，什么也不看。我没有这种愿望。夜缓缓流逝，而我坐在高架渠上。

后来，我看见远处有一个灯笼从松树林出来。灯笼在路上移动，然后穿过一些桥和西瓜地；它有时在路边停下，一会儿是这条路，一会儿是那条路。

我知道那是谁的灯笼，是一个女孩提着它。多年以来，我许多次看见她夜里外出散步。

但我从未仔细端详过她，我不知道她是谁。我知道她有点像我。有时候，她夜里也失眠。

每当我看见她出来，总是能得到安慰。我从来没有跟踪过她，也没有告诉过别人我在夜里看见过她，我不想弄清楚她是谁。

她以一种奇怪的方式属于我，看见她使我感到安慰。我觉得她非常漂亮，但我不知道她的头发是什么颜色。

小鸡

提灯笼的女孩已经离开几个小时。我从高架渠上下来,抻抻腿,向**我的死**走去。在这样一个金色太阳的黎明,我不知道**阴死鬼**和他的团伙将要干什么。我们只能等待。

乡下开始出现生机。我看见农夫出来给母牛挤奶,他看见我,朝我挥挥手。他戴着一顶滑稽的帽子。

公鸡开始打鸣,它们的喇叭吹得响亮,声音传得很远很远。我在日出前到达**我的死**。

我的死前面有两只白色小鸡正在地上啄食,它们是从住在**我的死**前面的某个农夫那儿溜出来的。它们看了我一眼,然后飞走了。它们溜出来不久,你看得出来,因为它们的翅膀不像鸟那样灵活。

咸肉

早饭不错，有热鸡蛋和鸡蛋炒咸肉，我们刚吃完，**阴死鬼**和他的团伙就来到**我的死**，然后事情就发生了。

"早饭真是不错。"弗雷德对保琳说。

"谢谢。"

玛格丽特不在，我不知道她在哪儿。不过保琳在，她穿着一件漂亮的衣服，很好看。

然后我们听见前门门铃在响。老查克说他听见说话声，但隔这么远不可能听到说话的声音。

"我去开门。"艾尔说。他站起来，离开厨房，穿过河下的大厅向起居室走去。

"我不知道是谁。"查理说。我认为查理已经知道是谁了，因为他放下叉子后推开了盘子。

早饭结束。

几分钟后，艾尔回来了，他神色紧张，忧心忡忡。"是**阴死鬼**，"他说，"他要见你，查理。他要见我们所有人。"

现在，我们都变得神色紧张，忧心忡忡。

我们站起来，穿过河下的大厅，来到起居室，从保琳的油画旁边走出去。我们来到**我的死**的门廊前面，**阴死鬼**正等在那儿，醉醺醺的。

前奏

"你们这些人自以为了解**我的死**。你们对**我的死**一无所知,你们对**我的死**一无所知。"阴死鬼说。他的那帮人随之爆发出一阵狂笑,他们和他一样醉醺醺的。

"屁也不了解。你们是在自欺欺人。"他的那帮人随之爆发出一阵狂笑。

"我们要告诉你们什么才是真正的**我的死**。"随之又是一阵狂笑。

"你知道什么我们不知道的事情?"查理说。

"让我们来告诉你们。让我们进鳟鱼养殖场,我们就会指给你们看一两件东西。彻底了解**我的死**会让你们害怕吗?它究竟意味着什么?看你们把它弄成了什么可笑的样子?你们所有人。还有你,查理,你比这些小丑有过之而无不及。"

"那就来吧,"查理说,"告诉我们什么是**我的死**。"

一次交锋

阴死鬼和他的团伙摇摇晃晃地走进**我的死**。"太脏了。"他们其中一位说。因为喝了大量他们自己酿造的东西,他们的眼睛红红的。

我们穿过起居室里小河上面的金属桥,走下通向鳟鱼养殖场的大厅。

阴死鬼手下的一个人醉得不行了,摔倒在地上,别人扶他起来。一路上,他们基本上是在抬着他走,因为他醉得不行了。他一遍又一遍不停地说:"我们什么时候到达**我的死**?"

"你现在就在**我的死**。"

"这是哪儿?"

"**我的死**。"

"噢,我们什么时候能到**我的死**?"

哪儿也找不到玛格丽特。我走在保琳旁边,保护她不受**阴死鬼**和他那帮垃圾的伤害。**阴死鬼**看见她,走了过来。他的外套看上去从来没洗过。

"嗨,保琳,"他说,"你好吗?"

"你让我感到恶心。"她答道。

阴死鬼哈哈大笑。

"等你们走了,我要好好擦擦地,"她说,"你们走到哪儿,哪儿就脏。"

"不要这样。"**阴死鬼**说。

"我应该怎么样?"保琳说,"瞧你那德行。"

我一直护着她,不让她受**阴死鬼**的伤害,此时,我差点跨过去挡在他们中间。保琳非常生气,我从前从未见过保琳生气,现在她火冒三丈。

阴死鬼又在哈哈大笑,然后他转身离开,朝查理那边走去。查理也不高兴见到他。

这支奇怪的队伍走向大厅。"我们什么时候能到**我的死**?"

鳟鱼养殖场

我的死的鳟鱼养殖场是许多年前建的,那时候,最后一只老虎在那里被杀死并烧掉。我们在原地建起了鳟鱼养殖场。墙围着老虎的骨灰砌了起来。

养殖场不大,却是精心设计的。盘子和池塘是用西瓜糖和远方采来的石头造的,石头按距离远近码起来。

养殖场的水是从那条小河取来的,小河流入起居室里的主要河道。那儿用的糖是金色和蓝色的。

养殖场的池子底下埋着两个人。往下看时,在那些小鳟鱼下面,你能看见他们躺在棺材里,从玻璃门后面凝视着上方。这是他们的愿望,现在他们如愿以偿了,因为他们既是养殖场的管理员,又是查理的亲人。

养殖场的地板上铺着漂亮的瓷砖,铺得非常精美,几乎就像是音乐。在这儿跳舞一定棒极了。

养殖场旁有一座最后那只老虎的塑像,塑像上的老虎在燃烧,我们望着它。

阴死鬼的我的死

"好了,"查理说,"告诉我们关于**我的死**的事情吧。这些年来,你一直说我们不了解**我的死**,而你对它一清二楚,我们很好奇。让我们听听你知道些什么。"

"好的,"**阴死鬼**说,"这就是一切。你们并不知道**我的死**是怎么一回事。老虎比你们更了解**我的死**。你们杀死了老虎,还在这儿烧掉了最后一只老虎。

"这一切都是错误的。老虎绝对不该杀死。老虎是**我的死**的意义所在,你们杀死老虎,**我的死**就随之消失了,你们自那以后就像一群蠢货一样生活在这里。我们要把**我的死**带回来,我和我手下的人。这件事情我已经想了许多年,现在我们要做了。**我的死**将重新出现。"

阴死鬼把手伸进口袋,掏出一把大折刀。

"你要用那把折刀干什么?"查理说。

"我来告诉你,"**阴死鬼**说,他打开刀刃,刀刃看上去很锋利,"这就是**我的死**。"说着,他用刀割掉他的大拇指,把它扔进一个盘子,里面盛着刚生出来的鳟鱼。血从他的手上流下来,滴在地板上。

阴死鬼手下的人接着都拿出折刀,割掉他们的拇指,扔进盘子和池子里，直到到处都是拇指和鲜血。

那个不知道自己在哪儿的人说："我什么时候割我的拇指？"

"现在就割。"有人说道。

于是他割掉自己的拇指，但割得不整齐，因为他醉得不行了。割完后，还有一部分指甲留在手上。

"你们为什么要这么做？"查理说。

"这只是开始，"**阴死鬼**说，"真正的**我的死**就应该是这样的。"

"你们没有了拇指，"查理说，"看上去傻透了。"

"这只是开始。"**阴死鬼**说，"好了，伙计们，让我们来割鼻子。"

"万岁，**我的死**。"他们一边欢呼，一边割着鼻子。那个醉得不行的人还把眼睛挖了出来。他们割下自己的鼻子，扔得到处都是。

他们其中一位把他的鼻子放在弗雷德的手中。弗雷德接过鼻子，扔在那个家伙的脸上。

保琳的表现一点儿都不像一个女人在这种情况下的正常反应。她不害怕，也不因此难过。她只是越来越生气，越来越生气，她的脸气得通红通红的。

"好了，伙计们，割掉你们的耳朵。"

"万岁，**我的死**。"然后到处都是耳朵，鳟鱼养殖场泡在了血里。

那个醉得不行的人忘记自己已经割掉了右耳，又使劲去割，但他立刻感到困惑了，因为耳朵不在那里。

"我的耳朵在哪儿?"他说,"我割不下来。"

此时此刻,**阴死鬼**和他的团伙快要因为血流干而死去了。其中一些因为失血过多而变得虚弱,不得不坐在地上。

阴死鬼还站着,正在割他的手指头。"这就是**我的死**,"他说,"噢,不错,这才是真正的**我的死**。"最后他也不得不坐下,那样他才能让血流干而死去。

现在他们全倒在了地上。

"你们大概认为自己证明了什么,"查理说,"我认为你们什么也没有证明。"

"我们已经证明了**我的死**。"**阴死鬼**说。

保琳突然转身离开房间。我向她走去,差点儿在血地上滑倒。

"你没事吧?"我说,但并不知道该说什么,"要我帮忙吗?"

"不用,"她边说边往外走,"我去拿拖把,把这堆脏东西擦掉。"她说脏东西时,眼睛直直地盯着**阴死鬼**。

她离开了养殖场,但没过多久就回来了,手里拿着拖把。除了**阴死鬼**,他们现在几乎全死了。他还在谈论着**我的死**。"看,我们已经做到了。"他说。

保琳开始用拖把擦血,然后把血拧进桶里。桶里快装满血时,**阴死鬼**死了。"我就是**我的死**。"他说。

"你是狗屁。"保琳说。

阴死鬼临终时看见保琳站在他身边,把他的血从拖把上拧进桶里。

独轮手推车

"好了,一切结束。"查理说。

阴死鬼那双什么都已看不见的眼睛盯着老虎的塑像。养殖场里有许多双什么都已看不见的眼睛在盯着它。

"是的,"弗雷德说,"我想知道这一切是怎么回事。"

"我不知道,"查理说,"我想他们不应该喝那种用被遗忘的东西酿成的威士忌,那是一个错误。"

"是的。"

我们都跟着保琳去打扫地板,用拖把擦掉血,把尸体运走。我们用的是一辆独轮手推车。

庆祝队伍

"过来,帮我把车子推下楼。"

"来了。"

"啊,谢谢。"

我们把尸体堆到外面。没有人知道该拿他们怎么办,我们只是不想让他们继续待在**我的死**。

很多人从城里跑来看发生了什么事。等我们把最后一具尸体推出来时,外面已经围了一百个人左右。

"发生什么事了?"小学老师说。

"是他们自己糟蹋自己。"老查克说。

"他们的大拇指和五官到哪儿去了?"爱德华大夫问。

"就在那个桶里,"老查克说,"是他们自己用刀割掉的。我们也不知道为什么。"

"我们拿这些尸体怎么办?"弗雷德说,"我们总不能把他们装进坟墓吧?"

"不能,"查理说,"我们得另想法子。"

"把他们搬到遗忘工厂旁边的棚屋里去,"保琳说,"烧掉他们,烧掉他们的棚屋,统统烧掉,然后忘掉他们。"

"这个主意不错,"查理说,"我们去弄几辆车来,把他们拉到那儿。多么可怕啊!"

我们把尸体搬到车上。此时,几乎每一个西瓜糖里的人都聚集在**我的死**。我们一起出发去遗忘工厂。

我们走得很慢。如同一支庆祝队伍,我们向**你也许会迷路**走去。我走在保琳旁边。

蓝铃花

一轮暖暖的金色太阳照耀着我们,照耀着渐渐靠近的遗忘工厂的堆料。我们跨过河流、桥梁,经过农场、草地,穿过松树林,路过西瓜地。

遗忘工厂的堆料一半像山,一半像某种设备,闪烁着金色的光芒。

人群中开始出现节日的气氛。**阴死鬼**和他的团伙死了,大家松了口气。

孩子们开始摘下路边的花,不久,庆祝队伍中出现很多很多的花,仿佛一只花瓶,里面插满玫瑰、水仙、罂粟和蓝铃花。

"一切都结束了。"保琳说完转过身子,张开双臂,非常友好地拥抱着我,她是想证明这一切都结束了。我感到她的身体紧紧贴着我。

又是又是又是又是玛格丽特

阴死鬼和他的团伙的尸体被装进一间棚屋，并浇上了西瓜鳟鱼油。我们专门带来一桶油，其他的小屋也被浇上了西瓜鳟鱼油。

大家都往后退，正当查理准备点着放尸体的棚屋时，玛格丽特脚步轻盈地从遗忘工厂里走出来。

"怎么了？"她说。刚刚发生的事情她好像什么也没察觉到，还以为我们在那儿野餐。

"你到哪里去了？"查理有点困惑地看着玛格丽特，而她却异常冷静。

"在遗忘工厂里，"她说，"今天早上日出前我来这儿找东西。出什么事了？你们为什么都到遗忘工厂来了？"

"你不知道发生了什么事吗？"查理说。

"不知道。"她说。

"今天早上你来这儿时见过**阴死鬼**吗？"

"没有，"她说，"他们还在睡觉。出什么事了？"她看看四周，"**阴死鬼**人呢？"

"我不知道是否该告诉你，"查理说，"他死了，他的团伙也都死了。"

"死了？你一定是在开玩笑。"

"为什么？我不开玩笑。两个小时前，他们来到**我的死**，在鳟鱼养殖场全部自杀了。我们把他们的尸体搬到这儿来烧掉。他们大闹了一场。"

"我不相信，"玛格丽特说，"我无法相信。开什么玩笑？"

"这不是玩笑。"查理说。

玛格丽特看看四周。她看见几乎每个人都来了。她看见我在保琳身边，便跑过来问道："是真的吗？"

"是的。"

"为什么？"

"我不知道，我们谁都不知道。他们来到**我的死**，然后自杀了。对我们来说，这是一个谜。"

"啊，不，"玛格丽特说，"他们是怎么自杀的？"

"用大折刀。"

"啊，不。"玛格丽特说。她惊呆了，满脸困惑。她紧紧抓住我的手。

"今天上午？"她几乎是在自言自语。

"是的。"她的手在我的手中变得冰凉，很不自在，仿佛手指头太小了。我只能盯着早上消失在遗忘工厂里的她。

棚屋发烧

查理拿出六英寸长的火柴，点燃那间棚屋，屋里放着**阴死鬼**和他的团伙的尸体。我们都往后靠，火苗越蹿越高，闪着西瓜鳟鱼油燃烧冒出的美丽的火光。

然后，查理点燃其他棚屋，它们也火光熊熊，没过多久就热得烤人。我们不得不往后退，一直退到田里。

我们观看了一个多小时，棚屋基本上烧完了。查理站在那里静静地看着。**阴死鬼**曾是他的哥哥。

田里有一些孩子在玩耍。他们看火看烦了。开头，火还令人十分激动，但后来，孩子们变得不耐烦，决定去做其他事情。

保琳在草地上坐下。火光映在她的脸上，她神色宁静、安详，看上去就像刚刚降生到这个世界上。

我松开玛格丽特的手，而她还是对发生的事情感到困惑不解。她独自一人坐在草地上，两只手握在一起，仿佛失去了知觉。

火焰渐渐地暗淡，从遗忘工厂里刮来一股大风，迅速把灰烬吹散到空中。不一会儿，弗雷德开始打哈欠，我开始做梦。

第三部 玛格丽特

工作

　　我醒来,感到精神焕发。起床前,我凝视着西瓜天花板,多么好看啊!我想知道现在几点了。我应该去城里的咖啡馆和弗雷德见面吃午饭。

　　我起来,出了门,在棚屋的门廊里活动活动手脚,感觉着自己的赤脚下面那些凉凉的石头,感觉着它们的距离。我看着灰色的太阳。

　　河水尚未闪耀出午饭的时间,所以我向河边走去,捧了点水浇到脸上,完成了醒来的工作。

烤肉卷

我在咖啡馆见到弗雷德,他在那儿等我。爱德华大夫和他在一起,弗雷德正在读菜单。

"你好。"我说。

"嗨。"

"你好。"爱德华大夫说。

"你今天早上匆匆忙忙,"我说,"你好像需要一匹马。"

"不错,我得赶去接生。今天早上我们又添了一个小姑娘。"

"很好,"我说,"是谁这么有福气,当了爸爸?"

"你知道罗恩吗?"

"知道。他住在鞋店旁边的小屋里,是不是?"

"是的,那便是罗恩,他生了一个漂亮的女儿。"

"你走得真快,我之前都不知道你走路速度这么快。"

"是呵。是呵。"

"弗雷德,你好吗?"我说。

"还不错,我干了一上午活儿。你干了什么?"

"种了一些花。"

"然后接着写你那本书了?"

"没有,我种了一些花,打了个长盹儿。"

"懒骨头。"

"顺便问一句,"爱德华大夫说,"书写得怎么样了?"

"噢,还在写。"

"不错。是关于什么的?"

"就是码字,一个字接一个字罢了。"

"不错。"

女服务员走过来,问我们午饭吃什么。"你们几个娃娃午饭吃什么?"她说。她已经在这儿干了许多年的服务员,她曾经是一个年轻的姑娘,但现在不年轻了。

"今日特菜是烤肉卷,是吗?"爱德华大夫说。

"不错,'灰色日子吃烤肉卷最好',这是我们的格言。"她说。

大家都笑了。这个玩笑不错。

"我要烤肉卷。"弗雷德说。

"你要什么?"女服务员说,"烤肉卷?"

"是的,烤肉卷。"我说。

"三份烤肉卷。"女服务员说。

苹果馅饼

午饭后,爱德华大夫不得不提前离开,去查看罗恩的女人和刚出生的婴儿,看看是否一切正常。

"再见。"他说。

弗雷德和我在那儿又待了一会儿,悠闲地喝着第二杯咖啡。弗雷德在他的咖啡里放了两块西瓜糖。

"玛格丽特好吗?"他说,"你见到她了吗?有没有她的音信?"

"没有,"我说,"今天早上我告诉过你了。"

"你和保琳的事把她搞得心烦意乱,她很难接受这一切。昨天我同她哥哥谈过,他说她的心碎了。"

"我也无能为力。"我说。

"你为什么对她生气?"弗雷德说,"你不会认为她和**阴死鬼**有关系吧?因为除了保琳和我,几乎每个人都这么看。"

"不存在任何证据。首先,这根本没有道理,把他们连在一起纯属偶然。你不相信她和**阴死鬼**有关系,对吗?"

"我不知道。"我说。

弗雷德耸耸肩,喝了一小口咖啡。女服务员过来,问我们是否需要一块馅饼当甜点。"我们有一种苹果馅饼,味道好极了。"她说。

"我要一块。"弗雷德说。

"你要吗?"

"不要。"我说。

文学

"现在,我得回去干活儿了,"弗雷德说,"瓜板冲压机在召唤。你干什么去?"

"我想去写东西,"我说,"继续写我的书。"

"真是胸怀壮志,"弗雷德说,"这本书是否就像小学老师说的那样是关于天气的?"

"不是,它不是关于天气的。"

"不错,"弗雷德说,"我可不想读一本关于天气的书。"

"你读过书吗?"我说。

"没有,"弗雷德说,"我没读过书,但我想我读的第一本书不应该是关于云朵的。"

途中

弗雷德去了西瓜工厂,我动身回棚屋写作,但我又马上决定不回去了,我不知道该做什么。

我可以回**我的死**,同查理谈谈自己的一个想法;或者我可以去找保琳,同她做爱;或者我可以去镜子塑像那儿坐一会儿。

这就是我做的事情。

镜子塑像

如果你久久站在镜子塑像面前，把脑子里的东西全部排空，只剩下镜子，一切便会呈现在镜子塑像中。但你千万小心，不要想从镜子中得到什么，一切要听凭自然。

一个多小时过去了，我的脑袋变得空空如也。有些人在镜子塑像中什么也看不见，连他们自己也看不见。

然后，我看见**我的死**、城市、遗忘工厂、河流、田野、松树林、棒球公园和西瓜工厂。

我看见老查克坐在**我的死**的门廊上。他在挠头，查理在厨房里给自己往一片炸面包上抹黄油。

爱德华大夫从罗恩的棚屋里出来，走到街上，他后面跟着一条狗，正嗅着他的脚印。这条狗停在某个脚印前面，站在那儿用尾巴扫着脚印。这条狗真的喜欢这个脚印。

遗忘工厂的大门旁边，**阴死鬼**和他的团伙的棚屋现在只剩下灰烬。一只鸟在灰烬旁边找东西，这只鸟没有找到想找的东西，觉得没劲儿，便飞走了。

我看见保琳正穿过松树林向我的棚屋走来，她手上拿着一幅画，这是给我的礼物，想给我个惊喜。

我看见一些孩子在棒球公园里打棒球，其中一个孩子投球投得又快又准,他一连投了五个好球。

我看见弗雷德正在指挥手下的人制造金色的西瓜糖板,他正在告诉某个人要小心板的一头。

我看见玛格丽特爬上了她的棚屋旁边的一棵苹果树,她在哭,脖子上系着一条围巾。她把围巾的一头系在一根树枝上,枝头缀满尚未熟的苹果,她从树枝上跳下来,身体悬在空中。

又是鳟鱼元老

我不再往镜子塑像里看了,今天,我已经看够了。我在河边的长沙发上坐下,凝视着那儿深深的水池。玛格丽特死了。

水面上有一个漩涡,从水面一直转到水底。我看见那条鳟鱼元老也在盯着我看,下巴上系着**我的死**的小铃。

它肯定是从安装坟墓的地方游上来的。对一条老鳟鱼来说,这段路可不短,它肯定在我离开后不久也离开了。

鳟鱼元老还在盯着我。它待在水中一动不动,全神贯注地盯着我。那天早上,它待在安装坟墓的地方时也是这样盯着我的。

水面上又出现了一个漩涡,于是我再也看不见鳟鱼元老了。等池水静下来时,鳟鱼元老已经走了。我盯着河里它刚才待过的地方,现在空荡荡的,如同一间房间。

找弗雷德

我去西瓜工厂找弗雷德。他看见我大吃一惊，因为我今天已经是第二次来这里了。

"嗨。"他抬起头来说道，这时候他正在检查一块金色的板，"怎么了？"

"是玛格丽特。"我说。

"你见到她了？"

"是的。"

"出什么事了？"

"她死了。我在镜子塑像里见到她了，她用蓝色的围巾把自己吊在了一棵苹果树上。"

弗雷德放下板，咬了咬嘴唇，捋了捋头发。"什么时候的事？"

"就是刚才，还没人知道她死了。"

弗雷德摇摇头。"我想我们最好去找她的哥哥。"

"他在哪儿？"

"他正在帮一个农夫给谷仓安新屋顶，我们去那儿找他。"

弗雷德告诉他手下的人今天到此为止，他们听到后非常高兴。"谢谢头儿。"他们说。

我们离开西瓜工厂时，弗雷德突然显得非常疲倦。

又是风

灰色的太阳闪着微弱的光。一阵风吹来,我们周围能在风中摇曳的东西都摇曳起来。我们向谷仓走去。

"你认为她为什么要自杀?"弗雷德说,"她为什么要做那样的事情?她这么年轻,这么年轻。"

"我不知道,"我说,"我不知道她为什么要自杀。"

"真是可怕,"弗雷德说,"我希望自己能不去想它。你一点儿都不清楚吗?你一直没见她吗?"

"没有,我一直在看镜子塑像里面,她上吊了,现在她死了。"

玛格丽特的哥哥

玛格丽特的哥哥正在谷仓顶上钉蓝色的西瓜顶板。那个农夫爬上梯子,递给他一捆顶板。

她哥哥看见我们走来,便在谷仓顶上站起来,在我们到达之前,远远地向我们挥手。

"我不喜欢这样。"弗雷德说。

"喂,那边的。"她哥哥喊道。

"是什么风把你们吹来的?"农夫喊道。

我们也向他们挥挥手,但到达那里之前,什么也没说。

"你们好,"农夫握着我们的手说,"你们来这儿有何贵干?"

玛格丽特的哥哥从梯子上爬下来。"喂。"他说,然后和我们握手,站在那儿等我们开口。我们出奇地沉默,他们立刻就感觉到了什么。

弗雷德用靴子蹭着地。他用右脚在地上画了一个半圈,然后用左脚蹭掉,这只用了几秒钟。

"出什么事了?"农夫说。

"是的,出什么事了?"她哥哥说。

"是玛格丽特。"弗雷德说。

"玛格丽特出什么事了?"她哥哥说,"告诉我。"

"她死了。"弗雷德说。

"怎么死的?"

"上吊死的。"

玛格丽特的哥哥两眼发直,向前看了一会儿。他眼神黯淡。谁也没有吭声。弗雷德又在地上画了一个圈,然后又蹭掉。

"这再好不过了,"玛格丽特的哥哥最后说,"谁也不怪。她的心碎了。"

又是又是风

我们去找她的尸体。农夫不得不留下来。他说他也想去,但不得不留下来挤牛奶。现在,风吹得更猛了,一些小东西落下来。

项链

玛格丽特的身体挂在她棚屋门口的那棵苹果树上,风吹着她。她的脖子歪着,她的脸色是我们所了解的那种死亡的颜色。

弗雷德爬到树上,用刀割断围巾。我和玛格丽特的哥哥轻轻地把她的身体接下来。他抱着她,走进棚屋,把她放在床上。

我们站在那里。

"我们把她搬到**我的死**去吧,"弗雷德说,"她属于那里。"

她哥哥松了口气,从我们把死讯告诉他后,这还是第一次。

他走到窗旁的一个大箱子前,取出一条项链,项链上绕着一圈金属的鳟鱼。他扶起她的头,扣上项链的钩子。他把她眼前的头发捋到一边。

然后,他用床罩裹好她的身体,床罩上织有**我的死**的形象,这是它的许多持久变化中的一种。她的一只脚露在外面,脚趾安歇在那儿显得冰凉又温柔。

长沙发

我们把玛格丽特带回**我的死**。那儿的人不知怎么已经听说了她的死讯,他们正在等着我们。他们等在外面的门廊上。

保琳从楼梯上向我跑来。她神情沮丧,两颊挂满泪珠。"为什么?"她说,"为什么?"

我搂着她,这是我唯一能做的。"我不知道。"我说。

玛格丽特的哥哥抱着她的尸体,上楼走进**我的死**。查理为他开门。"哎,让我为你开门。"

"谢谢,"她哥哥说,"我把她放在哪儿?"

"放在鳟鱼养殖场里面的长沙发上,"查理说,"我们把死者都放在那里。"

"我想不起来怎么走了,"她哥哥说,"我已经很长时间没来这儿了。"

"我给你带路,跟我来。"查理说。

"谢谢。"

他们去了鳟鱼养殖场。弗雷德跟他们一块儿走,还有老查克、艾尔和比尔。我没有动,依旧搂着保琳,她还在哭泣。我想她是真的喜欢玛格丽特。

明天

我和保琳去起居室里的河边散步。太阳快落下来了。明天,太阳将是黑色的、不出声音的。夜将继续,但星星不再闪烁,天气将和今天一样温暖,一切都将是没有声音的。

"太可怕了,"保琳说,"我很难过。她为什么要自杀呢?我爱你爱错了吗?"

"你没错,"我说,"这不是谁的错。那只是其中一件事情。"

"我们过去是那么要好的朋友,我们亲如姐妹。我不愿不去想这是我的错。"

"不要这样。"我说。

胡萝卜

那天晚上,**我的死**的晚饭桌上没人出声。玛格丽特的哥哥留下来,和我们共进晚餐,查理邀请他留下。

艾尔又做了一大堆乱糟糟的胡萝卜。他把胡萝卜和蘑菇放在一起煮,又加上一种西瓜糖和香料做的调料,还有刚出炉的新鲜面包、甜甜的黄油和一杯杯冰凉的牛奶。

饭刚吃了一半,弗雷德开始说一些似乎很重要的事情,但他马上改变主意,接着吃他的胡萝卜了。

玛格丽特的房间

饭后,每个人都来到起居室,决定明天上午举行葬礼,尽管明天将是漆黑一片,没有声音,一切都将在寂静中进行。

"如果你不反对,"查理对玛格丽特的哥哥说,"她将葬在我们正在建造的坟墓里,他们今天下午刚建完。"

"那再好不过。"她哥哥说。

"明天将是漆黑一片,没有声音,但我想我们能把一切都安排好。"

"是的。"她哥哥说。

"弗雷德,你能不能去把葬礼的事告诉城里的人?他们也许有人想来。还有,提醒坟墓安装队要举行葬礼。再看看你是否能找一些花来。"

"没问题,查理,交给我吧。"

"我们这儿的习惯是把死者的房间用砖封上。"查理说。

"我们在门口砌上砖,把房间永远封起来。"

"没问题。"

砖头

我、保琳、玛格丽特的哥哥、查理和比尔(他带着砖头)来到玛格丽特的房间,查理打开门。

保琳提着灯笼,她把它放在玛格丽特的桌子上,然后用一根长长的西瓜火柴点燃了屋里的灯笼。

现在有两盏灯笼亮着。

屋里堆满了从遗忘工厂里捡来的东西。无论你往哪儿看,你看到的都是一件又一件被遗忘的东西堆在一起。

查理摇摇头。"这么多被遗忘的东西,其中大部分我们都不认识。"他自言自语道。

玛格丽特的哥哥叹了口气。

"你想带走什么东西吗?"查理说。

她哥哥非常仔细又十分伤心地扫视了房间一圈,然后摇摇头。"没有,用砖头把它们都封起来吧。"

我们出来,比尔开始砌砖头,我们看了一会儿。保琳的眼睛里闪着泪花。

"和我们一起过夜吧。"查理说。

"谢谢。"玛格丽特的哥哥说。

"我来带你去房间。晚安。"查理对我们说。他和她哥哥走了。他在对他说着些什么。

"保琳，我们走吧。"我说。

"好的，亲爱的。"

"我想今天晚上你最好和我睡在一起。"

"是的。"她说。

我们离开，留下比尔在那儿砌砖头。它们是用黑色的不出声音的糖做的西瓜砖头。砌的时候，它们不发出声音，它们将把被遗忘的东西永远封起来。

我的房间

我和保琳来到我的房间,我们脱掉衣服上床。她先脱,我在旁边看着。

"你要把灯吹灭吗?"我上床时,她靠过来说道。

她的乳房上没盖东西,乳头硬硬的,几乎和她的嘴唇一般颜色,它们在灯光下十分美丽。她两眼都哭红了。她看上去非常疲倦。

"不。"我说。

她把头枕在枕头上,露出一丝淡淡的微笑。她的微笑就像她的乳头的颜色。

"不。"我说。

又是提灯笼的女孩

过了一会儿,我让保琳先睡,而我自己又和往常一样怎么也睡不着。她躺在我身边,温暖,散发出一股甜甜的香味。她的身体如同小号齐鸣,在呼唤我入睡。我久久地躺在那儿。后来,我起床,准备出去散步。

我穿着衣服站在那儿,看着睡梦中的保琳。奇怪,自从我们成了恋人后,保琳睡得特别香,因为保琳以前也是一个夜间提灯笼久久散步的小女孩。关于保琳,我想过很多,她在路上走来走去,停在这个地方,这座桥上,这条河边,松树林中的这些树下。

她的头发是金黄色的,现在她睡着了。

我们成了恋人后,她夜里不再出去久久散步了,但我依然去散步。在夜里久久散步适合我。

又是又是又是又是又是玛格丽特

我来到鳟鱼养殖场,站在那儿凝视着玛格丽特现在已变得冰冷难看的躯体。她躺在长沙发上,周围到处是灯笼。鳟鱼都睡不着。

几条小仔鱼在一个盘子里来回穿梭,盘子边缘放着一盏灯笼,照亮了玛格丽特的脸庞。我久久地盯着这些小仔鱼,一个又一个小时过去,最后它们都睡着了。它们现在和玛格丽特一个样子。

美味火腿肉

离日出还有一个小时左右时,我们醒来,早早地吃完早饭。太阳爬上我们这个世界的边缘时,黑暗仍将继续,今天将是没有声音的一天。我们的声音也将消失。如果东西掉在地上,不会发出声音。河流将是寂静的。

"今天将是漫长的一天。"保琳一边说着,一边把衣服套进修长的脖子。

我们吃的是火腿蛋、炸薯饼和烤面包。保琳做早饭时,我主动要帮她。"我能帮你干点什么?"我说。

"不用,"她说,"我把一切都安排好了,不过还是谢谢你的好意。"

"不客气。"

我们一起吃早饭,包括玛格丽特的哥哥,他坐在查理旁边。

"火腿肉好吃。"弗雷德说。

"我们会在上午晚些时候举行葬礼,"查理说,"大家应该都知道该做什么,我们可以搞个备忘录,以防发生不测。现在,我们能发出声音的时间只剩下几分钟了。"

"唔唔唔——火腿肉真好吃。"弗雷德说。

日出

太阳升起来时,我和保琳正在厨房里说着话。她洗盘子,我把它们擦干。此时我正在擦一个炸东西用的平底锅,而她正在洗咖啡杯。

"今天我觉得好点了。"她说。

"很好。"我说。

"昨天晚上我睡得好吗?"

"睡得很沉。"

"我做了个噩梦,但愿没有吵醒你。"

"没有。"

"昨天太吓人了。我不知道,我只是没料到事情最后会这样,不过我们也无能为力。"

"不错,"我说,"只能随它去。"

保琳转向我,说:"我估计葬礼会——"

有纹饰的盾牌

人们给玛格丽特穿上用西瓜糖做的殓衣,饰以磷火珠子,这样一到夜晚和黑色的、没有声音的白天,她的坟墓就会有光射出来。今天也一样。

现在,她已经装束好,可以进坟墓了。我们在灯笼的簇拥下,默默地在**我的死**走来走去,等着城里人来。

他们来了。来了三四十个人,包括报纸的编辑。报纸每年出一期。小学老师和爱德华大夫也在里面,然后我们开始举行葬礼。

我们用专门为死者准备的有纹饰的盾牌抬着玛格丽特。盾牌是用松木做的,装饰着玻璃和从远方采来的小石头。

每个人都举着火把,提着灯笼。我们抬着她的尸体出了鳟鱼养殖场,穿过起居室,出门,经过门廊,走下**我的死**的台阶。

出太阳的早晨

队伍缓缓移动，在一片沉寂中，沿着通往新坟墓的道路走着。坟墓现在属于玛格丽特。昨天，我看着他们建造它，为玛格丽特添上最后几笔。随着太阳爬上天空，天变得越来越暖和。听不到我们的脚步声或其他任何声音。

坟墓安装队

坟墓安装队正等着我们,他们依旧把升降机井放在那里。他们看见我们到来时,便启动了水泵。

我们把尸体交给他们,他们开始把她放进坟墓。他们做这件事已经很有经验了。他们把她的尸体沿着升降机井运下去,放进坟墓。他们关上玻璃门,然后把它封起来。

我、保琳、查理、弗雷德和老查克站在一起,组成一个小组看着他们。保琳挽着我。玛格丽特的哥哥走过来,站在我们旁边。

坟墓安装队封上门后,关掉水泵,从升降机井上取下水管。

然后,他们给几匹马套上绳子,绳子连着挂在升降机井吊架上的两个滑轮。绳子通过吊架挂到里面的钩子上。

他们就是这样把升降机井取出来的。

几匹马用力往前拉,升降机井离开河底,被拖到岸上,现在正半悬在那里。

坟墓安装队和他们的马都累了。一切都是在一片沉寂中完成的。这些马匹、这些人、这个升降机井、这条河流、这些观望的人都没有发出任何声音。

我们看见光从玛格丽特那里射来,这光是她殓衣上的磷火发出的。我们拿着花,从河的上游撒在她的坟墓上。

花在她发出的光的上面随波而下:玫瑰、水仙、罂粟和蓝铃花不停地漂下。

舞会

这里的习惯是葬礼后在鳟鱼养殖场举办舞会。每个人都来,我们有一支好乐队,舞要跳很长时间。我们都喜欢跳华尔兹。

葬礼后,我们回到**我的死**,准备舞会。鳟鱼养殖场挂起了舞会的装饰,还准备了点心。

大家静静地做准备。查理穿上了新外套,弗雷德花了半个小时梳头,保琳穿上了高跟鞋。

我们等有了声音才开始舞会,这样乐器才能奏响,我们可以按自己的风格弹奏,大部分是华尔兹。

一起做饭

保琳和艾尔一起早早做了晚饭,我们下午晚些时候才开始吃。天气酷热,所以他们准备了清淡的东西。他们做了一个土豆沙拉,但最后里面有很多胡萝卜。

他们的乐器演奏

　　日落前大概半小时，城里人开始到达，准备参加舞会。我们接过他们的厚呢大衣、帽子，带他们进入鳟鱼养殖场。

　　每个人好像都情绪高昂。乐手们取出乐器，等着太阳落下。

　　现在只剩几分钟了。我们都耐心地等待着。房间里点亮灯笼。鳟鱼在盘子和池子里游来游去。我们一会儿会绕着它们跳舞。

　　保琳好看极了。查理的外套也好看。我不知道为什么弗雷德的头发看上去根本没梳过。

　　乐手们拿着乐器站定。他们准备好了。现在只剩几秒钟了，我写道。

导读：谜的叙事法

◎ 朱 岳

第一次读到《在西瓜糖里》是大约二十年前的事了，如今还清楚记得，翻开第一页，读了几行之后的惊诧。这些年来，我一再回到这本薄薄的书，从中汲取灵感和语感，它对我始终有着谜一般的吸引力。我想，它并非一本好懂的书，这也是为什么，时隔这么久它的中译本才得以再版的原因吧。借此中译本再版的机会，我又重温了本书，希望可以把它看得更清楚一些，并将思索所得同其他读者分享。

《在西瓜糖里》的篇幅不到四万字，它的"密度"是很大的。但其表面的松散形式与轻松诙谐的语调，却造成一种举重若轻的效果，让读者感觉不到这密度的沉重。那么其密度究竟体现在何处呢？

首先，小说的基本结构就很复杂。小说的主人公"我"，一个没有固定名字的人，本身便是一个作家。在小说中，他作为叙述者，扮演了小说的"作者"。也就是说，这部作品具有"元小说"的结构。在小说中，多次写到（虚构）了"这本书"的写作过程，以及其他人物对它的询问和议论。

而在时间线上，作者又采用了倒插叙的手法。"我"的写作开始的时间，发生在两个毁灭性事件之间，这两次毁灭性事件分别是**阴死鬼**和他那伙人之死与玛格丽特之死。**阴死鬼**的故事，作为小说的第二部出现，发生的时间却在第一部中许多故事之前，但第一部中又包含了对西瓜糖世界的概述，以及对老虎的事迹的追述，在时间上则早于**阴死鬼**之死。

还有一个特殊的叙事手法，作者并没有让他的作家主人公"我"直接说出**阴死鬼**的故事，而是通过一个梦来讲述——"接着，我做了一个长长的梦，它又是关于**阴死鬼**和他的团伙的历史，以及几个月前发生的可怕的事情"。对于玛格丽特之死，作者也采取了相似的手法，"我"并未直接目击玛格丽特的死，也非道听途说，而是通过一个奇异的设置：镜子塑像。"我"在镜子塑像前放空自我，偶然地看到了玛格丽特上吊自杀。在处理"我"的父母被老虎吃掉的情节时，作者也是让"我"在一个幽静的环境下，通过回忆来叙述。可见，在处理创伤性场景时，作者都利用了某种"媒介"：回忆、梦、镜子塑像。

由此，作者向我们展开了一个纵横交错的迷宫般的文本，而他的书写又是那么自然而然，没有丝毫炫技或者故弄玄虚的成分。

文本的密度还在于，作者以如此小的篇幅，构造了一个完整的运转中的世界，即"在西瓜糖里"的世界。这个世界的中心是**我的死**，它像是某种公社或俱乐部，但我揣测，它也可能是一家孤儿院，因为主人公是在失去父母后住进那里的，其他住在那里的人也都像是没有父母。但作者并未清楚说明**我的死**

究竟是什么，反而有意将之抽象化。从字面看去，**我的死**自然是与死亡相关的，但它又是一个温暖、舒适、美丽、变化多端、生活气息浓郁的地方。

与**我的死**相对应的是遗忘工厂，这也是个谜一般的所在。"没有人知道遗忘工厂存在多久了，它延伸向我们无法去也不想去的远方。"在遗忘工厂中有数不尽的被遗忘的东西，很多被遗忘的东西都是无法识别，甚至难以形容的。**阴死鬼**用这些东西酿造威士忌。奇怪的是，这里还有很多书，会被当作燃料来用。遗忘工厂似乎象征着我们的文明，它像一座无比巨大的垃圾堆横亘在那里，提供糟糕的书本和光怪陆离的物品，从中只能提炼出使人暴躁、麻木的威士忌酒。但这只是猜想，很难证明。布劳提根所给出的隐喻总是似是而非，我们找不到等号关系，这也是他的高明之处。我们不会因明确的批判意向失去作品的诗意，但又能隐隐感觉到作者对世界（现实世界）的否定。

再有就是"城里"，以及"西瓜工厂"、农田和树林。这之间是大大小小的河流，河底有坟墓，河上是各式各样的桥。还有散布各处的小屋和雕塑，等等。

所有这些，都是由西瓜糖、石板、松木和其他一些建材构筑起来的。

此为空间方面的设定，充满童话感，而从时间方面看，这个世界也是有"历史"与"事件"的。老虎时代与后老虎时代，有着明显的分界。而**阴死鬼**和他那伙人的自杀无疑是后老虎时代最重大的一个事件。接下来，像是历史的尾声，玛格丽特也自杀了。这其中有一种动力在推动历史发展，作者并未明确说出来，那就是某种"蜕变"。

"查理说很久以前我们或许也是老虎，只是后来变了，但它们没变。"这是一次蜕变，使得人与老虎区分开来。**阴死鬼**的脾气变得越来越坏，直至与**我的死**决裂；玛格丽特沉溺于搜集被遗忘的东西，迷失在遗忘工厂，最终与主人公离心离德，这些也是蜕变。但蜕变的原因是什么呢？**阴死鬼**和他的那伙人酗酒，只是其蜕变的一个结果而非原因，至于老虎和玛格丽特的情况，则更令人费解。

这个原因是神秘的，我认为它也是这部小说被隐藏的内核。我们也许可以隐约感到，它与"颓废"有关。那么是否能认定，老虎、**阴死鬼**与玛格丽特是颓废的，而生活在**我的死**的其他人则是健康的呢？我觉得很难给出这样的结论，虽然老虎都被杀死了，**阴死鬼**和玛格丽特最终走向自我毁灭。

阴死鬼一直在指责查理等人"对**我的死**一无所知"，这完全是疯话，还是有其背后的道理？这里似乎暗示了两类生命的冲突：老虎和**阴死鬼**是有血性的生命，他们直面虚无，怪诞而残酷；查理等人则是头脑简单、彼此友爱、从事劳作的"平民"，多少有些像卡通人物。玛格丽特不是此二者中的任何一种，她下意识地迷失在了虚幻的物质文明之中。

布劳提根在不到三十岁时完成此作，二十年后，他以自杀的方式告别世界，对他而言，是否也发生了某种蜕变呢？

这部小说最为怪异之处，可能在于它将死亡主题与一种充满想象力的童话感融合在了一起——从**我的死**这个名字，到**阴死鬼**、老虎、被烧成灰烬的小屋和尸体、玛格丽特、坟墓、坟墓安装队、葬礼，书中遍布死亡的情节与意象；但同时，那每天变换色彩的太阳、西瓜工厂、蔬菜雕塑、灯笼、小桥、鳟鱼、肉面包、胡萝卜，以及善恶分明的人物、典型化的职业（医生、教师、工头）和简单到近乎天真的对话，又营造出一个童话世界的背景。

作者在叙述时也采取了一个有意思的策略：每逢写到死亡，其后总会出现有些滑稽的画面：老虎在杀死主人公的父母后，帮他做算术题；搬运**阴死鬼**一伙的尸体时，特意强调了"独轮手推车"；玛格丽特死后，晚餐上的胡萝卜被给了一个特写镜头。在沉重之中，总会有某种稚拙的插曲，这制造出强烈的反差。这是作者特有的幽默感，与其说是对死亡的嘲讽，不如说是在绝望中的自嘲。自嘲既是绝望的表现，又是对绝望的反抗。有些地方写得十分好笑，而越是好笑就越是成功地达成了某种超越。

但布劳提根的笑声从不尖利，它总是温柔、舒缓，伴随着那些闪光、悦耳、微凉的事物，由被梦幻包裹的伤口中发出。

Mayonnaise